# 시와 당신의
# 이야기

나 동 수 지음

# 시와 당신의 이야기

초판 1쇄 발행 2023년 06월 1일

지 은 이   나동수
발 행 인   권선복
편    집   권보송
디 자 인   서보미
전 자 책   서보미
발 행 처   도서출판 행복에너지
출판등록   제315-2011-000035호
주    소   (07679) 서울특별시 강서구 화곡로 232
전    화   010-3993-6277
팩    스   0303-0799-1560
홈페이지   www.happybook.or.kr
이 메 일   ksbdata@daum.net
값 16,000원
ISBN   979-11-92486-79-6   03810

## 나동수 님의 용기에 박수를 보내면서

산길을 걷다 이름을 알 수 없는 아름다운 꽃을 보았다.
그 자리에 서서 옮겨 심을까 그냥 둘까 한참을 망설였다.
돌아오는 내내 그 꽃의 감동이 지워지지 않았다.
꽃집에 들러 한 송이 꽃을 사다 우리 집 마당에 심었다.
다른 꽃이지만 정말 사랑스러웠다.

삶의 길을 걷다가 정말 아름다운 시를 만났다.
그분의 시집을 사와 밤새도록 읽었다.
내 마음에도 詩앗이 떨어졌다.
내 마음의 작은 마당에서 싹을 틔워 보기로 했다.
한 권의 글 마당, 한 권의 '시와 당신'으로 피어났다.
부끄럽지만 대문을 열고 손님을 맞이하기로 했다.
대문을 열어주신 나동수 님의 용기에 박수를 보낸다.

대한민국 교육문제 연구 포털 '교육사랑' 운영자

최영도

## 추천의 글

    사람은 누구나 살면서 힘들고 어려운 순간을 겪게 되는데, 지금처럼 사회 경제적인 위기가 중첩될 때는 우리 개인들은 더더욱 큰 어려움에 부닥치게 됩니다.

    그동안의 작품이나 저자의 나이로 볼 때 저자도 그런 과정을 수없이 겪고 가까운 사람의 자살로 인한 고통까지 겪었던 것으로 보입니다.

    그러나 저자는 거기서 좌절하지 않고 삶을 향한 간절한 바람으로 별에서 꿈과 희망을 찾으려 했던 것으로 보이는데, 그래서 저자의 글에는 유독 별에 관한 작품들이 많았던 것입니다.

    저자는 제가 운영하는 스토리 채널 '詩가 있는 아침', '여행 작가', '詩가 있는 부산' 등을 통해 다년간 매일 시를 발표하여 독자들의 마음에 꿈과 희망을 심어주었는데 이번에 수필집을 발간하심에 축하의 말씀을 드립니다.

    첫 번째 책을 시집이 아닌 수필집으로 내는 것이 의아하지만 충분한 역량이 됨을 잘 알고 있으며, 이는 독자들이 저자의 마음을

시와 당신의 이야기

이해하고 쉽게 다가설 수 있도록 독자들을 배려한 저자의 따뜻한 마음에서가 아닐까 생각합니다.

그 마음은 이번에 출간하는 수필집 '시와 당신의 이야기'란 제목에서도 드러나는데 자신의 간절한 희망을 담은 이야기를 독자들의 마음을 통해 독자들의 이야기로 만들겠다는 것으로 보입니다.

그동안 작가님의 소중한 작품들이 많은 독자들의 마음을 따뜻하게 만들어주었듯, 이번 책을 통해 더욱 많은 사람들이 작가님의 작품을 만나 꿈과 희망을 찾을 수 있기를 바랍니다. 출간을 축하드리며, 앞으로도 계속 정진하시어 세상에 보석 같은 작품들을 생산해 주시기를 기대하고 응원하겠습니다.

저의 대표 채널인 '세상의 모든 명언'은 대한민국의 명언, 에세이, 수필 전문 채널입니다. 100만 명이 넘는 구독자에게 저자의 수필집 『시와 당신의 이야기』의 작품들이 많이 소개되는 날을 기원하겠습니다.

세상의 모든 명언 대표 운영자

최재성

등단도 못 한 사람이 글을 발표한다는 것은 옛날 같으면 상상도 못 할 일이지만 통신매체가 발달한 현대사회는 그것을 가능하게 만들었고, 어쩌면 등단 시인들보다 더 많은 시인들이 활발하게 활동할 수 있는 공간을 제공하고 있습니다.

마치 문단이 틀에 갇힌 세상이라면 드넓은 세상에는 보이지 않는 구석구석에서 글을 쓰는 무수히 많은 이름 없는 고수들이 활동하고 있었고, 인터넷 공간은 수많은 시인들과 독자들의 상호 소통과 위로를 통해 무한히 확장되고 있었습니다.

저는 사실 어릴 적부터 일기나 편지도 제대로 써보지 못한 문학에 문외한인데 우연히 탁구동호회 카톡방에 올린 글에 누군가 덕담 삼아 던진 괜찮다는 말에 고무되어 글을 쓰기 시작하였습니다.

학창 시절 책도 많이 읽지 않았고 문학책도 몇 권 읽지 않았는데 좋은 사람들의 칭찬에 힘입어 시에 대한 전문적인 교육이나 공부 없이 고등학교 국어 교육과정을 떠올리며 인터넷으로 다양한 시를 통해 시를 배우고 시를 쓰기 시작하였습니다.

1년 정도 미친 듯이 시에 빠져 인생 경험과 교훈, 감동을 토대로 시를 썼으며, DAUM 아고라 게시판에 시를 매일 올리면서 작품의 다양성을 확보하였고, 아고라 폐쇄 이후 카카오스토리의 '시가 있는 아침'이란 채널에 매일 시를 써 독자들과 상호 소통하며 글을 발표함으로써 더욱 발전하게 되었습니다.

　그런 과정을 통해 어느 정도 완성된 시들을 신춘문예와 문예지에 보냈지만 예심도 통과하지 못하여 나름대로 분석한 결과, 그들의 길은 저와 다름을 느꼈습니다. 이에 문단과 다른 나만의 길을 가기로 마음먹고 계속 시를 써 약 1,000여 편의 시를 쓴 후 새로운 돌파구를 찾다가, 시를 더 쓰기보다는 다듬어보기로 마음먹고 대표작들을 암송하고 낭송을 시작하였습니다.

　낭송을 하다 보니 제 시의 부끄러운 부분들이 보였고 운율도 가미되어 조금 더 매끄럽게 다듬어지고 목소리까지 좋아지게 되어 유튜브에도 올리기 시작하였고, 또 한편으로는 제 시를 창작 당시의 감동을 돌이켜 수필로 풀어 쓰기 시작하였는데 시에서 못다 한 말이나 표현들이 좋은 글로 새롭게 태어나는 것이었습니다.

그리고 그 과정에서 시와 수필에서 엑기스만 뽑아 한줄시상과 기승전결의 넉줄시를 뽑아내게 되었고 앞으로는 그 모든 것을 하나로 묶어 노래 가사로 작사할 것이며, 그 이후엔 모든 것을 종합하여 다시 시로 재작성하여 시집을 발표하고 달력 형태의 한줄시상과 넉줄시를 발표할 예정입니다.

　졸필에 독자들의 마음에 들지 모르지만, 저 개인적으로는 문단의 경향에 맞추기보다는 독자들과 소통하며 독자들을 위한 글을 씀으로써 많은 발전을 해왔다고 생각합니다. 이번에 발표하는 수필집은 제 길의 중간 과정에서 제 시를 수필로 풀어 쓴 나의 이야기라 할 것입니다.

　한 줄의 시상으로 제 독백과도 같은 시를 쓰고 거기에 제 이야기로 살을 붙여 수필을 썼으며, 한 줄의 시상과 수필을 책으로 엮어 이 책을 출판하오니 여기에 당신의 살을 붙여 당신의 이야기로 만들어 보시지 않으렵니까?

　　　　　　　　　　　　시와 당신의 이야기

**한 줄의 시상에 대하여:**

시를 쓰는 과정은 먼저 한 줄의 시상에서 출발하는데, 시를 쓰면서 그 내용이 새로이 형성, 확장되고 수필로 재편집된 후 다시 한 줄 시상을 추출하다 보니 천차만별이 되었습니다. 처음 시상과 완전 다른 새로운 것이 되기도 하고 처음 시상과 별반 다를 게 없는 것도 있습니다. 어쨌든 이 한 줄들은 제가 세상이란 백사장을 떠도는 모래들을 삼켜 제 몸속에서 수백 번 소화시켜 진주처럼 탄생시킨 것들이라 할 것입니다.

글을 쓰는 것은 보석을 캐는 것과 같습니다. 세상을 위해 투명하게 빛나는 다이아몬드 같은 보석을 캐는 것이지요. 그 보석의 가치는 많은 사람들이 공감할수록 커지는 것입니다. 세상엔 보석이 지천으로 깔려있지만, 나뭇잎 같은 얇은 막에 덮여있어 허영의 색안경을 벗고 순수한 마음으로 낙엽을 한 잎 들추어볼 때 비로소 보이기 시작할 것입니다.

**도움 주신 분들:**

제가 글을 쓰고 이 책을 발간하기까지 제 가족들과 친구들의 무한한 신뢰와 도움이 있었음을 잘 알고 있으며, 특히 제가 정말 힘든 시절 글을 쓰기 시작할 즈음 저에게 힘을 주고 많은 도움을 주신 정성근 선배님, 글이 무엇인지도 모르는 저에게 책을 소개해주고 구체적인 방향까지 지도해주신 인생의 스승과도 같은 황상철 선배님, 작품 선정에서부터 교정까지 두루 도움을 주신 김나영, 조성희 후배님, 그리고 인터넷 공간에서 함께 동고동락하며 격려해주신 많은 문우님들과 독자님들께 진심으로 감사의 인사를 드립니다.

목
차

1장

## 겨울을 넘어

# 2장

## 꽃을
## 피워라

# 3장

## 열매를 익히고

# 4장

## 속을
## 비운다

## 소쩍새는 꽃이 진다고 울지 않는다.

소쩍새

산에 사는 외로운 소쩍새가 자주 울어도
삶이 힘들다고 혹은 꽃이 진다고 울지는 않습니다.
밤이 아무리 길어도 낮보다 길 수 없고
겨울이 아무리 추워도 인생의 사분지 일에 불과하며,
이별이 아무리 힘들어도 우리 곁에는 언제나
사람이 있습니다.

# 1장

## 겨울을 넘어

세상 모든 별들이 그대를 바라보고 있다. 그대가 꿈을 잃지 않도록.

## 별은 왜?

밤하늘의 별은 모래알처럼 많고 그 별들이 전부 가까이 있는 것처럼 보이지만 그 별 하나하나의 거리는 지구 둘레의 1,000배에 육박하는 거리 이상 떨어져 있으며, 그 별들 하나하나는 전부 태양처럼 가스 덩어리로 이루어져 스스로를 태워 빛을 낸다.

우리가 별을 보면서 꿈과 희망을 생각하는 것은 아마 칠흑 같은 밤하늘의 어둠을 뚫고 오는 별의 초롱초롱한 빛에다 별의 그러한 천문학적 속성이 합쳐진 것에서 기인한 것 아닐까 생각한다.

누군가 우주를 창조하면서 절망과 암흑의 세상을 만들었지만 그 속에서 꿈과 희망을 줄 수 있는 것도 함께 만들었던 것이다. 그 것이 바로 별이며 그래서 별들은 저렇게 초롱초롱 빛을 내며 자신과 함께 꿈을 나눌 눈을 찾고 있는 것인지 모른다.

우리가 간혹 하늘을 올려다보면 모든 별들이 우리와 눈을 맞추려 한다는 것을 알 수 있을 것이다. 그토록 많은 별들이 밤만 되면 빛을 발하는 것은 아직도 세상에 보내 줄 꿈이 무수히 많고 그 꿈을 전하기 위해 그 별들이 전부 우리를 내려다보고 있는 것이다.

그래서 별들은 비 오는 날 잠시 쉬고 매일 밤 세상을 내려다보며 밤새 꿈꾸는 사람들을 찾아다닌다. 밤마다 별이 반짝이는 것은 세상이 아무리 혼탁하고 힘들어도 꿈을 포기하지 말라고 혼신의 힘을 다해 말하는 것이다. 아마 오늘 밤에도 아름다운 꿈을 품은 작은 별 하나가 어느 집 옥탑방 창문을 기웃거리고 있을 것이다.

소쩍새는 꽃이 진다고 울지 않는다.

##### •
## 소쩍새

세상 많은 생명들이 암울한 밤을 맞아 헤매기도 하고 혹독한 겨울을 맞아 힘들어하고 이별로 아파한다. 그러나 모든 생명들은 그런 아픔과 고난을 무난히 이겨내고 아침을 맞고 따듯한 봄을 맞이하고 더 큰 사랑을 한다.

몇 번 그런 과정을 지내며 세상을 관조해보니, 밤이 아무리 길어도 낮보다 길 수 없고 겨울이 아무리 추워도 인생의 사분지 일에 불과하며, 이별이 아무리 힘들어도 우리 곁에는 언제나 사람이 있고 함께 살아간다.

사람의 감각이란 것은 없을 때 더 절실하게 다가오니, 밤이 어두울수록 해는 더욱 찬란하게 아침을 열어주고 겨울이 추울수록 봄은 더 따뜻하게 우리를 감싸주고 이별의 아픔이 클수록 사랑은 더 크게 더 오래 기억된다.

사람의 인생이란 것은 결국 꽃과 나무의 삶과 같고 사람도 한 마리 외로운 소쩍새와 같으니 산에 사는 소쩍새가 자주 울지만 삶이 힘들다고 혹은 꽃이 진다고 울지는 않는다. 소쩍새의 울음은 맑고 아름다운데 듣는 사람의 마음에 따라 다르게 들리는 것이다.

추운 겨울 어느 날 출근하기 위해 버스 정류장에서 버스를 기다리는데 내가 탈 버스는 왜 그리 오지 않는지. 손이 얼고 콧물이 흐르는데 내 사정을 알 리 없는 버스 기사님은 반환점에서 한참을 있다가 온다. 콧물이 얼기 직전 버스에 올라타 지정석에 앉은 소쩍새 한 마리가 뜬눈으로 졸기 시작한다.

어느 날 별이 커 보이는 것은 별이 눈물을 머금었기 때문이야.

●
## 울고 싶을 땐 울자

세상 살다 보면 울고 싶을 때가 많다. 하지만 언제부턴가 울어본 적이 없다. 가까운 사람이 죽어도 한두 번 눈물 좀 흘리다 만다. 죽음과 같은 슬픈 일도 그렇지만 살다 보면 죽음보다 더 힘들고 괴로운 일이 있을 텐데, 언젠가부터 울어본 기억이 거의 없다. 잘 참아내는 것인가? 아니면 감정이 메마른 것인가?

단순히 사나이는 울지 않는다는 통속적인 이유가 아니라, 어쩌면 우리 사회가 점점 눈물을 허용하지 않는 메마른 사회로 가고 있기 때문이 아닐까 하는 생각도 든다. 사람이 아름다운 것을 보면 기분이 좋아지고, 우스운 것을 보면 웃고, 슬픈 것을 보면 슬퍼하고, 사람이 힘들 때는 울 수도 있는 것인데, 통상 우는 것에 대해서는 달가워하지 않는다.

어쩌면 이것도 우리가 남의 시선을 너무 의식하기 때문일 수 있겠지만 자연을 돌아보면 그렇게 맑을 것만 같던 하늘, 눈물이라곤 한 방울도 흘릴 것 같지 않은 태양도 구름이 가리면 그토록 많은 눈물을 흘리지 않는가! 그렇게 한바탕 쏟아내고 나면 태양은 이전보다 더 환한 모습으로 다시 세상을 밝히고, 하늘은 눈이 시리도록 맑아지지 않는가!

대자연이 그렇게 울음으로 맑아지듯 모든 울음은 생명을 정화시킨다. 사람의 울음은 사람의 마음을 정화시키고 사람의 눈물은 정화된 마음의 결정이다. 어떤 이는 악어의 눈물이라고 말을 하지만 나는 악어의 눈물을 믿지 않는다. 감정 없이 침샘처럼 흐르는 눈물에 속을 사람은 없기 때문이다. 눈물은 거짓말을 하지 않는다.

눈물이 말라가는 세상, 남녀 할 것 없이 오늘은 드라마라도 보면서 한번 펑펑 울자.

~~~~~~~~~~~~~~~~~~~~~~~~~~~~~~~~~~~~~~~~~~~

개구리는 봄이 반드시 온다는 것을 믿기에 겨울잠에 든다.


~~~~~~~~~~~~~~~~~~~~~~~~~~~~~~~~~~~~~~~~~~~


●

## 꿈은 반드시


꿈이 반드시 이루어진다고 말을 하면 사람들이 순진하다거나 헛소리한다며 비웃을까? 우리는 다들 많은 꿈을 꾸기도 하고 버리기도 하고, 아주 원대한 꿈을 꾸다가 아주 소박한 꿈을 꾸기도 하고, 수시로 꿈을 바꾸었다가 포기하기도 하고, 또 나중엔 꿈이 아주 작고 소박한 바람으로 변하기도 한다.

사실, 현실에서 꿈을 이룬다는 것은 정말 어려운 일이다. 그것은 아마 우리가 언제나 자신의 능력보다 몇 단계 높은 꿈을 꾸거나, 장기간의 노력이 필요한 꿈을 꾸기 때문일 것이다. 너무 쉽게

시와 당신의 이야기

이룰 수 있는 것은 꿈이라기보다는 작은 바람이라 할 것이며, 꿈은 그만큼 이루기 어렵기에 우리는 그것을 꿈이라 부르고 이루려 노력하는지 모른다.

따라서, 꿈은 쉽게 이루어지지 않는 것이 정상이고, 또한 꿈을 다 이룰 필요도 없다. 저 밤하늘의 별처럼 이를 수 없기에 별이고, 이룰 수 없기에 꿈일지 모른다. 별에 다다르는 순간 불에 타 재로 사라져버리는 것처럼 꿈을 이루는 순간 그 꿈은 사라져버리기 때문이다. 꿈은 이루기 어렵더라도 별과 마찬가지로 그 존재 자체만으로도 우리의 앞길을 밝히는 희망인 것이다.

어쩌면, 꿈의 존재가치는 이룰 수 있는 가능성에 있는 것이 아니라, 그 존재 자체에 있는 것이고, 언젠가 이룰 수 있다고 믿는 눈빛에 있다 할 것이다. 달도 별도 없는 암흑 같은 밤일지라도 아침 되면 환하게 밝아지고 한겨울 모든 것이 말라비틀어진 황량한 들판에 새싹이 돋아나는 기적들은, 세상의 모든 생명들이 태양이 다시 뜨고 반드시 봄이 온다는 것을 믿고 혹한의 추위를 견디어 냈기 때문이다.

움직이지 않아도 안에서는 살려고 발버둥 친다.

### 정중동

물 위에 가만히 떠 있는 오리는 알고 보면 물에 빠져 죽지 않기 위하여 물속에서는 물갈퀴를 이용하여 두 발을 흔들고 있다. 오리는 살기 위한 정중동의 원리를 알기에 티 안 나게 헤엄을 치고 있는 것이다.

나무도 죽은 나무는 흔들리지 않는다. 바람이 세게 불어 못 견디면 부러질 뿐이다. 나무가 흔들리는 것은 아직 살아있다는 것이고 바람을 비껴내고 바람을 이겨내기 위하여 끊임없이 흔들리는 것이다.

시와 당신의 이야기

살아있는 모든 생명체는 움직이고 있고 설사 움직이지 않는 것처럼 보인다 할지라도 안에서는 끊임없이 움직이고 있다. 지구도 끊임없이 돌기에 생명의 빛을 골고루 받아 온 천지에 싹을 틔우고 생명이 유지되는 것이다.

우리나라의 자살률이 많이 높아져 19년간 세계 1위를 하였다니 어쩌다 이렇게 우리나라의 삶의 질이 낮아졌는지 안타깝다. 다양한 원인이 있겠지만, 벼랑 끝에 선 사람뿐 아니라 그 누구든 삶에 대한 애착이 있고 누군가 자신의 말을 들어주고 자신을 잡아주기를 바란다.

그래서 갈대는 끊임없이 흔들리며 희미하게 소리를 내고, 어떤 사람은 다리 위에서 모르는 사람과도 대화를 하는 것이다. 누군가의 작은 몸짓과 어눌한 말 한마디, 주저하는 말 한마디, 말없이 흔들리는 눈빛이 삶을 위한 마지막 발버둥일지 모른다.

～～～～～～～～～～～～～～～～～～～

그대의 설움은 우주가 다 안다.

～～～～～～～～～～～～～～～～～～～

●
## 우주의 위로

사람은 누구나 외롭고 서럽다. 사람은 아무리 친한 친구나 가족이라 할지라도 서로의 생각을 온전히 알 수 없기에 근원적으로 고독하며, 그 고독을 벗어나기 위하여 친구를 사귀고 결혼도 한다. 또한 사람은 누구나 수많은 고난을 겪으며, 그것을 극복하는 과정에서 엄청난 아픔과 시련을 겪기도 하고 설움을 받기도 한다.

그런데 집에 가족이 있고, 주변에 친구가 많아 어려운 일을 함께 돕고 헤쳐 나가더라도 그 아픔과 설움은 오롯이 그 사람의 영혼이 감내해야 한다. 흔히들 함께하면 기쁨은 배가 되고 고통은 반으로 나뉜다지만 기쁨은 몰라도 고통은 일시 감추어질지언정 결국은 견디어내는 자의 몫인 것이다.

그렇다 하여 고통을 함께한 사람들을 소홀히 해서는 안 될 것이다. 왜냐하면 내 고통의 시기에 함께한 사람들이 곧 나의 진정한 친구들이기 때문이다. 그리고 한때의 실수나 실패로 주위 모든 사람이 떠나갔다 하여도 결코 주저앉거나 좌절할 필요는 없다. 해가 져도 밤하늘엔 달이 뜨고 수없이 많은 별들이 어둠을 밝힌다.

어쩌면 우리가 배가 고플 때 하늘이 빙글빙글 돌고 머리가 아프거나 어지러울 때 별이 반짝이는 것은 우리의 아픔과 설움을 우주가 알아주기 때문일지 모른다. 그 모든 고통과 설움을 딛고 하늘을 보며 걷다 보면 어느새 희미한 별빛이 밝은 태양으로 바뀌어 있을 것이며, 내가 언젠가 다시 태양 아래 굳건히 바로 섰을 때, 그들은 다시 나를 향해 기대어 오거나 내 가지 위에 둥지를 틀 것이다.

아이는 눈 속에 덮인 세상을 몰랐다.

# 폭설

어릴 때는 눈이 내리면 마냥 신났다. 철없고 아무것도 모르던 때라 추운 줄도 모르고 눈만 오면 신나게 눈사람을 만들고 눈싸움을 하면서 강아지처럼 신나게 뛰어놀았다. 눈 속에 덮인 세상을 전혀 몰랐다.

폭설은 대부분 밤이나 새벽녘 많이 내리는데 아무것도 모르던 순진한 아이는 눈을 뜨자마자 창밖이 하얀 것을 보고 마당에 나와 온 천지가 하얗게 덮인 것을 보고는 세상이 마냥 아름다운 것으로만 생각하였다.

그 눈으로 인해 새벽에 일을 나가신 아버지가 얼마나 힘들지, 눈길에 상을 고치러 다니실 어머니는 또 얼마나 힘들지, 폭설로 신음할 사람들이 있고, 또 누군가의 시름이 깊어가고 있다는 것을 전혀 몰랐다. 어쩌면 나는 그렇게 눈 덮인 세상만 보고 살아왔는지 모른다.

이제 내가 어른이 되니 그 눈 속에 묻혀 있던 것들이 보인다. 부모님의 희생뿐 아니라 누나들의 희생으로 우리가 학교를 다녔고 나중엔 동생들의 희생으로 내가 집에 신경 쓰지 않고 대학에 다닐 수 있었다는 것을.

뒤늦게 그 아픔들을 알아도 보살펴 줄 수 없는 세월에 차라리 눈이라도 내려 모두 덮어주면 좋으련만 이제는 눈도 잘 내리지 않고, 간혹 날리는 눈발을 담담히 지켜보면 이제는 손발보다 눈이 먼저 시리고 몸보다 마음이 먼저 시려온다.

세상 모든 겨울은 활짝 필 봄을 위한 것이기에 오늘도 어깨를 활짝 편다.

## 세상 모든 겨울

나는 사실 꽃을 잘 모른다. 그래서 꽃이 언제 피는지, 종류에 따라 또는 심는 방식에 따라 어떻게 달라지는지도 잘 모른다. 그런데 한겨울 어느 날 내가 환승하는 버스 정류장에 삼색제비꽃과 국화꽃이 활짝 피어있다.

처음에는 누가 쓸데없이 겨울에 꽃을 심어 다 죽이나 라는 생각으로 한심하게 생각했었는데 저 꽃들이 며칠을 가도 멀쩡하다. 기온이 며칠 동안 영하로 내려갔음에도 꽃들이 조금 시들락 말락 할 뿐 여전히 살아 있다.

시와 당신의 이야기

게다가 국화꽃은 하얗게 서리를 머금었음에도 노란빛이 더 아름답게 빛나는 것 같다. 나는 오상고절을 직접 목격한 적이 없었기에 잘 몰랐는데 저 노란 국화가 정말 오상고절임을 당당히 증명하고 있고 제비꽃도 여전히 견디어내고 있다.

그리고 보니 무지한 내가 잘못 판단한 것이지 꽃을 심은 사람이 잘못한 것이 아니었다. 오히려 이 추운 겨울에 움츠리고 땅만 보는 사람들을 위해 언 땅을 파서 부드럽게 고르고 꽃을 심은 그 사람의 배려와 수고가 너무나 고맙다.

세상이 아무리 춥고 각박해져도 그 모든 것을 이겨내고 아름다움을 피워내는 꽃이 있고, 세상의 움츠린 사람들에게 아름다움을 선사하고자 언 땅을 파는 사람들이 있기에, 우리는 세상의 모든 겨울을 이겨내고 봄을 맞이할 수 있다.

긴 세월 잘 갈고 닦은 사람은 늙은 미소 한 줄에도 광이 난다.

## 연마

옛날 중학교 교과목 중에 공업이라는 과목이 있었다. 거기는 당시 우리나라의 산업 태동기에 필요한 공업 관련 기초에 관한 내용이 서술되어 있었는데, 그중 연마라는 분야가 있었던 것 같다.

오늘 글을 쓰기 위해 위키 백과 검색을 해 보니, 연마는 제품공정의 거의 마지막 단계로서, 물건의 거칠한 부분을 갈아서 매끈하게 만드는 것을 말하는데, 기술이나 정신 등을 수양하는 경우에는 한자를 단련할 련 자로 바꿔 鍊磨(연마)라 표기되어 있었다.

그리고 그 관련 검색어로 달마(達磨)가 보였는데, 고어에서 사람의 팔다리를 잘라내어 짧막하게 만들거나 둥글둥글한 형태로 만드는 것이라 되어 있어 놀랐다. 액운을 막고 복을 가져다준다는 달마의 형태가 저렇게 잔인한 희생으로 탄생한 것이라니.

어쨌든 연마라는 것은 결국 갈고 닦아 빛을 낸다는 것으로 귀결되는 것 같은데, 사람의 얼굴은 어떻게 하면 빛이 날까? 사람의 얼굴은 무엇으로 갈고 닦아야 하는 것일까? 나는 사람의 얼굴을 갈고 닦는 연마제는 마음이라 생각한다.

사람의 마음을 직접 볼 수 없기에 사람들은 타인이 자신의 마음을 모를 거라 생각하지만, 사람의 마음은 아이들은 물론 하찮은 미물들도 알아차린다. 어린아이도 흉심을 감춘 사람을 보면 웃음을 멈추고, 발밑의 비둘기도 사람이 비둘기를 알아보는 순간 날아가 버린다.

또한, 사람의 마음에 모난 부분이 있으면 얼굴의 인상이나 분위기로 삐져나오는 것인지, 어떤 사람의 경우, 가까이 갔다가는 뭔가에 베일 것 같은 느낌이 들거나 함께하기 꺼려지는 사람이 있기도 하고, 어떤 사람의 경우 모난 부분이 잘 연마되어 부드럽게 다가가고 싶게 만들기도 한다.

눈은 사람의 미래요, 얼굴은 사람의 과거와 현재를 보여 준다 할 것인데, 이제 나도 물려받은 흔적이 다 지워져 갈 때가 되어 내 얼굴에 책임을 져야 할 시점이 온 것 같다는 것을 느낀다. 내 비록 초라하지만, 눈이 별처럼 빛나고 얼굴은 보름달 같은 미소에, 선한 마음이 몸 전체를 후광처럼 감돌아 은은한 빛이 나는 사람이 되도록 달마 해야겠다.

시와 당신의 이야기

눈 속에 핀 꽃에는 벌레 먹은 꽃이 없다.

## 눈 속에 핀 꽃

　사람은 누구나 살면서 많은 고난을 겪는다. 내가 아직 60이 안되어서 그 이상은 잘 모르지만, 아마 나이 오십쯤 되었어도 엄청 많은 시련과 고난을 헤쳐 왔을 것이라 생각한다. 우리 인간이 겪는 경험들은 다양한 종류가 있고, 그에 따른 고난도 사회 상황이나 시대별 고난이 있을 수도 있고, 나이대별로 겪게 되는 다양한 고난들이 있고, 우리는 이를 모두 극복했기에 이 자리에 있는 것이다.

　우리 세대의 사회적 고난이라면 어릴 적의 사회적 빈곤이 있을 것이고, 시대적 고난이라면 군부독재라는 고난이 있었을 것이고, 경제적으로 보면 IMF란 고난이 있었고, 개인의 성장에 따른 나이 대별 고난이 있을 수 있을 것이고, 현재에 이르러서는 실직과 코로나의 공포가 있을 수 있을 것이며, 각 단계별 고난을 세분화해 보면 무수히 많은 고난이 있었을 것이다.

정말 내가 걸어온 길을 돌이켜보면 후회도 많지만, 참으로 많은 고난을 이겨내면서 여기까지 온 나 자신이 간혹 대견하게 느껴지기도 한다. 젊은 날 서울과 부산을 떠돌며 노숙도 하였고, 새벽길을 뛰기도 하면서, 상처 입은 몸으로 가정을 일구고 자식을 키우면서 현재에 이르기까지 참으로 많은 일들이 있었다.

세상은, 매년 구석구석 눈보라를 뿌려대듯, 누구 하나 빠짐없이 우리 모두에게 수많은 시련을 안겼고, 우리는 그 모든 시련을 극복하고 여기까지 온 것이므로, 어찌 보면 우리 모두가 수많은 시련 속에 핀 한 송이 꽃이며, 앞으로의 시련이 얼마나 될지 모르지만 지나온 길보다는 나을 것이다.

또한, 우리가 그러한 마음으로 다가올 겨울을 맞이한다면, 눈 속에 새로이 피어날 꽃에 좀먹는 일은 없을 것이다.

시와 당신의 이야기

꽃이 아름다운 것은 혹독한 계절을
아름다운 마음으로 견디어냈기 때문이다.

## 사진빨

요즘 SNS가 발달하다 보니 사람들이 사진을 많이 찍어 올린다. 내가 사진을 많이 찍는 편이 아니다 보니 몰랐었는데, 사진도 잘 찍힐 때가 있고 잘 안 찍힐 때가 있다. 그야말로 사진빨이 먹힐 때가 있고 안 먹힐 때가 있는 것이다. 사진이야 어차피 연출이므로 분위기를 좀 잡고 사진 찍을 약 30초 정도 표정 관리를 잘하면 된다.

그런데 어느 날 옛날 사진을 찾기 위해 오래된 사집첩을 보는데, 내 얼굴이 시절 따라 조금씩 달라 보이는 것이었다. 내가 가장 잘나갈 때 사진이 아주 잘 나오고, 좀 방황하거나 우울한 시절엔 사진이 별로인 것처럼 보였다. 같은 얼굴이지만 왠지 모를 분위기나 피부 자체가 달랐다. 사람은 자신감이 가득 차 진취적이고 좋은 마음을 먹으면 인상이 좋아져 사진이 잘 나오고, 그 반대의 경우 인상이 안 좋아지고 사진이 잘 안 나오는 것이다.

사진빨에 잘 먹히는 그런 인상이라는 것은, 집이 부유해서 치장을 잘하거나 화장을 많이 해서 잘 나오는 것과는 또 다른, 근원적인 분위기 같은 것이라는 생각이 들었다. 왜냐하면 부유하더라도 집안의 분위기가 안 좋다든지, 너무 억눌려 지낸다든지 하면 어딘지 모를 어두운 면이 있어 그런 것이 사진에 나타날 수 있고, 아무리 화장해도 지워지지 않는 분위기 같은 것이 있기 때문이다.

나의 경우, 요즘 사진이 좀 잘 나오지만, 그래도 사진이 제일 잘 나온 시절은 중학 시절인 것 같은데, 젊었으니까 누구나 다 그랬으리라 생각할 수 있겠지만, 당시 가정형편이 참으로 어려웠던 때라 단지 젊었기 때문만이 아니라, 무한한 가능성을 품은 꿈이 있었기 때문일 것이다. 우리가 처한 현실이 아무리 어려울지라도 희망을 품고 꿈을 꾸면 눈동자가 별처럼 빛나고 사람의 인상이 밝아지면서 사진빨이 좋아진다.

오늘부터 우리 새로운 꿈과 희망을 충전하여 매일 셀카 한 컷찍어 보는 것은 어떨까?

봄은 주어지는 것이 아니라 우리가 깨우는 것이다.

## 봄의 태동

봄은 어디서부터 오는 것일까? 저 깊은 산속, 눈이 녹으면서 겨울을 이겨낸 야생화가 고개를 내밀며 화사하게 웃어야 봄이 오는 것일까? 저 깊은 계곡, 얼음이 녹아 겨울잠을 자던 개구리가 얼음 깨지는 소리에 놀라 튀어나와 폴짝폴짝 뛰어야 봄이 오는 것일까? 아니면 우리 모두의 가슴에 봄바람이 불어야 봄이 오는 것일까?

어느 해 겨울 아침, 출근을 위해 버스 정류장에서 버스를 기다리는데, 정류장 뒤 화단에 있던 국화꽃과 비올라꽃이 말라비틀어지자 흉물스러웠는지, 어느 날 다 뽑혀 하나도 안 보이고 회백색의 마사토가 뒤덮여 있다. 그동안 버스 대기 시간을 화사하게 장식해 주던 꽃들인데 아쉬워 화분을 둘러보는데 뭔가 삐죽 튀어나온 것들이 보였다.

　자세히 보니 잡초 같은 풀들이었는데, 마치 겨울바람 부는 하얀 사막에 난데없는 오아시스가 생긴 것 같은 느낌이었다. 꽃을 뽑고 흙을 뒤엎어 마사토를 덮을 때는 아마 아무것도 없었을 텐데, 저 생명들은 대체 어디서 어떻게 와서 이 차가운 마사토를 점령하였는지, 마치 동토의 사막을 갉아먹는 미지의 생명체처럼 경이로웠다.

　추운 겨울날, 우리는 봄이 아주 멀리 있고 막연히 멀리서 오고 있겠지 생각할지 모르지만, 어쩌면 봄은 저 멀리 산이나 계곡에서 바람을 타고 오는 것이 아니라, 도심 속 차가운 흙 속이나, 황폐한 우리들 마음속에서 겨울잠을 자다 때가 되면 깨어나는 것이 아닐까 하는 생각이 들었다.
　어쩌면 봄은 주어지는 것이 아니라 우리가 깨우면 되는 것인지 모른다.

　시와 당신의 이야기

~~~~~~~~~~~~~~~~~~~~~~~~~~~~~~~~~~~~~~~~~~~~~~~

욕심을 버리니 속을 비워도 고절함은 바람에 쓰러지지 않는다.

~~~~~~~~~~~~~~~~~~~~~~~~~~~~~~~~~~~~~~~~~~~~~~~

# 대나무

오늘 글을 쓰기 위해 대나무를 검색해보니, 대나무는 나무가 아니라 다년생 풀로서 벼과 작물이라 되어 있다. 내 무식이 탄로 나는 순간이다. 대나무는 마디마다 생장점이 있고, 죽순의 너비로 속을 채우지 않은 채 각 마디별로 위로 뻗으며 성장하니, 우후죽순이란 말이 나올 정도로 성장 속도가 빠르다.

또한, 특이하게도 대나무는 번식을 매년 하는 것이 아니라, 5년에서 길게는 60년, 120년 만에 한 번 번식을 하기도 하여 꽃을 보기가 그렇게 어려운데, 그 부족한 번식을 대신하여 줄기가 뿌리가 될 수 있는 특성을 가졌다고 한다.

대나무가 땅속으로 줄기를 넓게 뻗어나가면서 빈 땅에 죽순이 돋아 자라는 식으로 집단을 형성하기에 한 곳에 자라는 대나무는 대부분 연결되어 있고, 수명이 다할 때가 되면 같은 해에 동시에 꽃을 피우고, 대량으로 씨앗을 남기고 말라 죽는 인해전술의 방식으로 포식자로부터 자손을 보호하는 것으로 보인다고 한다.

내가 대나무 잎을 보고 관념적 생각으로 대나무에 관한 시를 지었기에, 대나무를 조금 알아보고 나니 좀 부끄럽지만, 어쨌든 대나무는 새초롬한 잎에서부터 지조가 느껴지고, 속을 비운 채 하늘로 곧게 뻗은 몸과 그 몸을 지탱하면서 단단하게 묶어 뿌리로 뻗어나가는 매듭은 현대를 살아가는 우리들에게 많은 점을 시사한다.

영원할 것 같던 친구와의 우정이나 연인과의 사랑, 굳게 맺은 약속도 너무 쉽게 저버리는 사람들, 서로의 욕심으로 인해 망가지는 뜻깊었던 모임이나 사람들과의 관계, 나라를 위한 우국충절보다는 당리당략이 먼저인 정치인들, 아직도 비우지 못하고 채우려고만 하는 나.

오늘도 뒷산 대나무는 속을 비운 채 바람에 운다.

시와 당신의 이야기

별들이 나누는 이야기, 별들이 노래하는 시.

## 꿈

"재물이 있는 자는 편하게 늙어가고, 꿈이 있는 자는 늙지 않는다."
이 글을 쓰기 위해 서두로 급조해 본 말이다. 꿈이 있는 자는 늙지
않는다는 말들을 많이 하는데, 아마 그 이유는 꿈의 무한한 가능
성과 희망 때문이 아닐까 생각한다. 그렇다면 세상에 꿈처럼 아름
답고 꿈처럼 사람을 아름답게 만들고, 꿈처럼 세상을 아름답게 만
드는 것이 또 있을까?

꽃이 아름답다고 하나 꽃은 너무 쉽게 지고, 보석이 아름답다고
하나 아무나 가질 수 없고, 우정과 사랑이 아름답다 하나 영원할

순 없다. 그래서 나는 꿈에 비견될 수 있는 것은 우주 저 멀리서 억겁의 세월 동안 자신을 태워 뿜어낸 빛으로 광활한 우주의 어둠을 뚫고 세상에 꿈과 희망을 주는 별밖에 없으리라 생각한다.

별은 스스로를 태워 낸 빛으로 세상 구석구석을 비추기에 세상 누구도 독점할 수 없으며, 세상이 아무리 암울하게 변하고 삶이 아무리 힘들어져도 우리가 하늘을 올려다보면 누구든 별을 가질 수 있고 꿈을 꿀 수 있으니, 별이야말로 우리를 꿈과 연결시켜 주는 창이며, 우리가 그 창을 들여다보면 언제든지 우리들에게 꿈의 노래를 선사한다.

그 창에서는 어릴 적 친구들과 평상에서 나누던 이야기, 언젠가 그녀와 하늘을 보며 나누던 이야기, 아이들에게 별자리를 보여주며 나누던 이야기. 그 꿈 같은 이야기들이 모두 노래가 되어 우리 귓전을 맴돌며 우리의 열정을 되살리고, 희망을 품게 하고 꿈을 꾸게 한다.

별들은 그렇게 우리의 꿈을 이야기하고 우리의 꿈을 노래하니, 아직도 어느 맑은 하늘 아래 평상 위에서는 아이들의 눈동자가 별이 되어가고 있을 것이다.

사람은 누구나 가슴속에 별을 품고 산다.

## 가슴속별

별들의 세상엔 언제나 별들을 자애롭게 내려다보는 큰 별들이 있었고, 별들은 밤하늘에서 맑고 청량한 다양한 별들과 함께 빛을 내다, 제각기 예쁘고 사랑스러운 별들을 만나 쌍둥이 별이 되고 작고 귀여운 별들을 잉태하여 다 함께 우주를 밝히는 은하수가 된다.

하늘의 은하수는 무한한 시공간을 관통하여 세상에 내려와 우리들 가슴속에 별을 잉태하고, 우리는 제각기 초롱한 눈빛으로 별빛을 밝혀 세상으로 흐르니, 우리는 언제나 그 별들과 함께하면서 그 별들로 인해 기뻐하고 그 별들로 인해 슬퍼한다.

얼마 전, 젊은 날 함께 서로의 가슴에 별이 되어 주고 함께 빛을 발하던 친구의 소식을 들었는데, 그 친구가 자신만의 세상에 빠져 점점 외톨이가 되어가고 있다 한다. 내 섣부른 생각엔 못 보던 사이 그 친구가 가슴속 별들의 창을 닫아버린 것 아닌가 생각한다.

사람이 나이를 먹다 보면 다양한 이유로 창문을 닫거나 별들을 외면하기도 하지만, 결코 창문을 닫아서는 안 된다. 우리의 가슴 속 별들이야말로 우리 인생의 꿈이요, 희망이요, 오아시스일 것이니, 그 별들이 빛을 잃으면 우리도 빛을 잃게 된다.

언젠가 공기 맑은 탁 트인 산골에서 하늘을 올려다보라. 그리고 다가오는 별들을 향해 가슴속 별들의 이름을 불러보라. 아마, 어느 별 하나 없이 그대의 부름에 답을 하며 빛을 내며 다가올 것이다. 그렇게 가슴속 별을 되살려 우리 다시 만나자. 친구야.

시와 당신의 이야기

어리석은 늙은 나무는 한겨울에도 수북이 낙엽을 떨구고 있다.

## 소롯길

세상엔 넓고 긴 많은 길들이 있지만 가을 길은 모두 소롯길이다. 젊은 날 제아무리 큰 세상 큰길에서 멋지고 화려하게 살았어도, 고도가 꺾이고 전성기 같은 여름을 지나면 낙엽이 우수수 떨어지는 가을 소롯길을 걷게 된다.

가을이 되어 화려하던 꽃이 다 지고 열매마저 떨어지고 나면 그나마 남아있던 나뭇잎도 생동감 넘치는 화려한 원색이 빠지면서 수수하게 변하고, 찬 바람이 불면 낙엽들이 길 위로 떨어지기 시작하여 겨울 되면 대부분 다 떨어진다.

다들 자신의 나뭇잎은 화려했노라 최고였다고 소리치지만, 한 때 아름답지 않았던 나뭇잎이 어디 있으랴! 어떤 나뭇잎이라도 떨어지면 전부 길거리에 떨어져 쌓였다가 쓸쓸하게 바람에 날려가거나 빗자루에 쓸려 어딘지 모를 곳으로 사라진다.

　그토록 아름답던 젊은 날의 사랑도 모두 낙엽이 되고, 그토록 미워하고 증오하던 기억도 낙엽처럼 색이 빠지고, 순간순간의 기쁨과 슬픔, 모두를 떠나보낸 후의 암울한 고독과 가슴 찢는 고통, 그 모든 것이 전부 낙엽이 되어 소롯길에 떨어진다.

　벌써 겨울이 깊어 가는지 두툼하게 입은 오리털 파카 속이 왠지 허전한데, 출근길 아파트 도로 위 낙엽들이 쉿소리를 내며 굴러다니니 바람 소리가 평소보다 더 스산하다. 우리 아파트 정원 옆 늙은 나무 아래엔 아직도 낙엽이 떨어져 쌓이고 있겠다.

　　　　　　　　　　　시와 당신의 이야기

온실의 화초는 봄을 모르지만 들풀은 스치는 바람에도 봄을 느낀다.

·

# 들풀의 봄

억새나 갈대는 주로 바람이 많이 부는 강가나 산 능선, 언덕이나 들판에 많이 있다. 그런 곳은 나무도 별로 없어 딱히 바람을 막아줄 만한 것이 거의 없다. 그래서 그런지 그런 들판에는 바람이 유난히 세차게 분다.

그런데 들풀들은 바람막이 하나 없이도 그 오랜 세월 억센 비바람을 이겨내며 살아오고 있으니 얼마나 대단한 생명들인가! 어쩌면 그들은 바람에 맞부딪쳐 바람을 이겨내며 살아왔기에 바람의 흐름을 알고 세상의 흐름을 아는지 모른다.

바람막이 하나 없는 들판은 그야말로 집채만 한 파도가 휘몰아치는 절벽 같은 곳인데 온몸으로 바람을 맞으며 몸을 흔들어 바람을 흘리고 중심을 잡으니, 파도에 깎여 침식되는 절벽과 달리 그들은 오히려 더 강해진다.

한겨울 세상을 얼리는 칼바람에도 한 올의 물줄기를 끝끝내 지켜냈으니 이제 곧 봄이 올 것이다. 따뜻한 햇살에 얼음이 녹고, 포근한 바람이 불어 말라버린 줄기에 생기가 돌고, 황량한 벌판에도 새싹이 돋아 파릇파릇 올라오고, 온갖 풀꽃들이 알록달록할 것이다.

온실의 화초는 겨울을 모르기에 봄을 못 느끼겠지만, 우리는 들풀과 함께 이 혹독한 계절을 견디어냈기에 스치는 바람에도 봄을 느끼고, 다가올 오일장엔 화려한 봄옷으로 치장한 사람들이 넘쳐날 것이고, 알록달록한 몸빼가 온 산과 들을 수놓으며 봄을 만끽할 것이다.

아무리 추워도 반드시 봄은 오고 모든 눈은 봄 되면 녹는다.

## 맞짱

살다 보면 누구나 고난의 시절을 겪게 되고, 그 고난을 지나고 보면 아무것도 아닌 것처럼 느껴지기도 하지만, 직접 그 고난 속에서 고통을 겪을 때에는 그 고난이 언제나 끝날지 참으로 막막할 때가 있다. 군대는 3년이란 기간이 정해져 있고, 제일 힘든 시기는 1년 6개월 정도로 정해져 있음에도, 이등병 때는 언제 병장이 될지 아득한 법이다.

그런데 세월이란 참으로 오묘하고도 공평하여 누구에게나 똑같이 흐른다. 그 지랄 같던 고참 상병은 1년도 안 되어 떨어지는 낙엽조차 조심하는 말년 병장이 되더니 낙엽 지듯 사라지고, 온 세상을 얼릴 것 같던 혹한의 겨울도 어느새 햇볕에 녹아 땅바닥에서 질척거리니, 고난의 세월은 굳은살이 되어 거 보란 듯 웃는다.

2월 중순을 넘으니 겨울은 더 늙어 새벽부터 일어나 어스름 속에 불을 밝히며 짐을 싸는데, 봄이 겨울의 노쇠함을 눈치채고 친구들을 다 불러 모아 맞짱을 뜨자고 덤빈다. 하늘에선 바람이 뜨거운 입김을 불고, 물속에선 개구리, 땅속에선 새싹들이 아우성치고, 나무는 뼈마디를 실룩거리며 겁을 주고, 매화는 분홍치마 펄럭이며 응원을 한다.

한없이 부드럽고 약할 것 같던 여린 봄의 도발에, 온 동네를 활보하며 큰소리치던 겨울은 격세지감에 기가 찰 노릇이지만, 이것이 자연의 섭리인 것을 어쩌겠는가. 아무리 강한 것도 세월을 이길 수 없고, 얼음장 같던 고난도 세월 속에 부드럽게 녹아나니, 오히려 때늦은 꽃샘추위가 애처롭고 부질없는 심술이리라.

시와 당신의 이야기

망울망울 그리움 가득 품고서 오지 않는 님 올까 마중 나가네.

## 매화

매화와 벚꽃, 벚꽃과 매화. 월드컵 한일전만큼이나 봄꽃의 대명사요 커다란 화두다. 요즘은 동네마다 벚꽃이 많이 심어져, 봄 되면 하얗게 흐드러진 꽃길을 많이 볼 수 있다. 그러다 보니 매화는 벚꽃에 묻혀 눈여겨보지 않으면 잘 보이지 않고 알아보기 어렵다.

사실, 나도 시를 쓰기 전에는 매화와 벚꽃을 구분할 줄 몰랐다. 매화는 꽃 모양부터 나무의 크기 등 형태가 다르지만, 대체로 매화가 벚꽃보다 작고 단단한 면이 있다고 보면 되고, 벚꽃보다 꽃이 조금 일찍 피니 3월 초면 거의 개화를 한다.

특히 꽃이 피는 형태를 보면, 벚꽃은 가지에서 여러 송이의 꽃이 흐드러지게 헤프게 피는 반면, 매화는 하나하나의 가지에서 망울망울 옹골차게 꽃이 피니, 선명한 선이 느껴지는 단아한 모습과 그 기품이 예사롭지 않다.

또한, 매화는 벚꽃처럼 계절의 눈치를 보다 봄이 완연해져야 피는 것이 아니라, 찬 바람이 불어도 2월 중순이면 꽃망울을 맺어 꽃을 피우고, 밤바람을 맞으며 달빛 아래서 흔들리지 않고 찬연하게 빛을 발하니, 옛 선비들의 심금을 울릴 만하다 할 것이다.

동네마다 아파트가 들어서고 벚꽃으로 꽃길을 만들더라도, 근처 어딘가 드문드문 찬바람 속에서 조용히 향기를 뿜으며 고고하게 꽃을 피워내는 매화가 있을 것이니, 벚꽃이 피기 전에 얼른 가서 매화의 기품을 느껴볼 일이다.

지난겨울이 추울수록 단맛과 향이 강한 들판의 시금치처럼.

·

## 역경에 대한 보상

오래전 어머니께 겨울이 추워야 시금치가 단맛이 나고 제대로 맛이 든다는 말을 들은 적이 있다. 나는 막연히 그럴 것으로 생각을 했었는데, 얼마 전 시골에서 농사를 짓는다는 후배를 만나 얘기를 하다 보니, 정말 시금치나 농작물들이 겨울이 추워야 맛이 들어 제대로 된 맛을 낸다는 말을 하는 것이었다.

겨울이 추워야 맛이 든다는 것은, 비닐하우스가 아니라 노지에서 키울 경우를 말하는 것인데, 얼마 전 인터넷에서 검색한 노지의 시금치 사진을 보니, 서리를 맞아 군데군데 누렇게 변색이 되

1장. 겨울을 넘어

55

어 있어, 비닐하우스에서 자란 보기 좋은 시금치와는 달리, 상품성이 없어 보이는데도 그 맛과 향이 비할 데 없이 좋다는 것이다.

　그 노지의 시금치는, 눈이나 서리를 막아줄 지붕도 없는 들판에서 찬바람에 눈과 서리까지 맞으며 혹독한 겨울을 이겨낸 것이니, 자연은 거기에 대한 보상으로 단맛을 주고 제대로 된 풍미까지 챙겨준 것이다. 어쩌면 매화가 벚꽃보다 훨씬 선명한 아름다움에 향기가 강한 것도 찬바람을 이겨낸 것에 대한 보상일 것이다.

　역경에 대한 보상이란 것은 사람도 마찬가지라, 홀로 이 세상을 헤치며 성장하여 세상에 우뚝 선 사람이야말로 진정 저 매화와 같은 사람이라 할 것이니, 그런 사람은 수없이 많은 고난의 순간들을 당당하게 이겨내면서 그 과정을 몸에 새겨왔기에 굳이 그 상처를 드러내지 않더라도 선명한 향이 그의 족적을 따라 진동을 한다.

말라가면서 아름답게 꽃피우는 것을, 나이 드는 것이 단풍 드는 것임을.

·

## 나무의 깨달음

나이를 먹고 보니 우리가 산다는 것이 나무와 똑같다는 것을 느
낀다. 우리의 가장 아름다웠던 젊은 날에는 무수히 많은 비바람이
불었고 우리는 비바람 속을 열심히 뛰어다니며 아름답게 꽃을 피
웠다.

그런데 그 영원할 것 같던 아름다운 날들은 날리는 꽃잎과 함께
순식간에 흩어져 버리고, 그러한 과정 속에서도 우리는 아프게 열
매를 맺었는데, 곧이어 숨이 턱턱 막히는 폭염의 계절이 찾아와
우리를 괴롭혔다.

우리는 그 폭염 속에서도 정열을 불태우며 우리를 성장시켰고, 뒤이어 찾아온 태풍은 우리를 송두리째 날려버릴 것처럼 세차게 불었지만 우리는 그 태풍을 맞으며 뿌리를 더욱 튼튼히 만들었으니 고난과 시련은 우리를 더 크고 멋지게 성장시켰다.

이제 아침저녁으로 날이 추워지고 서리가 내리니 곧 열매를 떨구어야 한다는 것을 안다. 아직은 미숙한 열매기에 떨구어내는 과정이 고통스럽지만 그것이 자연의 섭리임을 알기에 기꺼이 떨구려 준비를 하고 있다.

아울러, 깊어가는 가을과 함께 마지막 남은 불꽃을 되살려 나뭇잎을 아름답게 물들여야 한다. 떨어져 어디로 쓸려갈지 모르는 도로 옆 나무들도 버리고 물들어야 한다는 것을 안다는 듯 아름답게 물들어 잎을 떨구고 있다. 나도 이제 비울 때가 되었으니 저 나뭇잎처럼 아름답게 물들어가기를 희망해 본다.

시와 당신의 이야기

굳건한 나무 위 새들의 소리 즐겁지 아니한가!

# 홀로서기

옛날 대가족 시대엔 집안의 한 명이 잘되면 다른 가족들도 그 덕분에 도움을 받아 함께 사는 경우가 많았다. 특히 장남의 경우 대들보라 하여 다른 가족들이 희생하다시피 밀어주는 경우도 있었다.

그러다 보니 보통 누나들이 희생을 많이 하였고 여동생도 간혹 학업을 못 하고 희생을 하는 경우도 있었다. 당시엔 다들 어렵고 힘든 시기였기에 어쩔 수 없었던 면이 있었지만 어쨌든 우리 남자들은 그래도 그 혜택을 조금은 받고 컸다.

세월이 흘러 혜택을 받은 사람이 성공하여 집안을 두루 보살피면 좋으련만 간혹 성공을 하지 못하거나 그 은혜를 저버리는 경우도 있다. 어쨌든 우리 세대엔 가족 중 누구라도 성공을 하면 그 덕분에 온 가족이 함께 잘 먹고 사는 경우가 많았다.

그것이 너무 과하여 연예인 박○○이나 장○○처럼 가족이 오히려 그 덕을 받는 것을 당연한 듯 생각하거나 과할 경우는 문제겠지만, 그것은 우리 전통적인 가족제도의 장점이자 인간미 넘치는 풍경이었다.

나도 누나 동생들로부터 혜택을 받았기에 내가 성공하여 많은 도움을 줘야 함에도 내가 큰 도움을 줄 형편은 못 되고 어머님만 내가 봉양하고 있다. 간혹 길 가다 새가 둥지를 튼 큰 나무를 보면 괜히 발이 저린다.

그대 꿈을 이룰 것이라고, 뛰는 가슴 들어 하늘을 보라고.

●

## 별의 독백

요즘 흔히들 부모의 재력에 따라 아이들의 꿈이 정해진다고들
한다. 물론 그 말이 일정 정도는 맞고 어쩔 수 없는 부분이라 생각
한다. 왜냐하면 어떤 꿈은 돈이 들기도 하고 부모의 인맥이 요구
되기도 하기 때문이다.

나는 이제까지 자신이 마음을 먹으면 이루지 못할 것이 없다고
믿어왔고 꿈도 마찬가지라고 생각하며 살아왔다. 그러나 현세대
는 우리 때와는 또 다르고 세태가 많이 변했기에 이제는 나도 그
것을 장담할 수가 없다.

별로 이룬 것은 없어도 모든 것이 나의 노력의 결과이고 다시 태어난다 할지라도 그 흙수저 시절을 마다하지 않을 나지만, 요즘처럼 제도적 불공정에 재력 같은 자신의 노력 외 요소가 뒷받침되지 않으면 할 수 없는 직업들이 많아지는 것은 바람직하지 않다.

그로 인해 부모의 재력에 따라 자신의 꿈을 너무 일찍 포기해 버리는 아이들을 보면 매우 안타깝다. 밤하늘의 별은 저렇게 반짝이고 있는데 어른들은 아이들에게 하늘을 보여주지 않고 별이 왜 빛나는지 별이 무슨 말을 하고 있는지 들려주려 하지 않는다.

그 옛날 함께 눈을 맞추며 꿈꾸던, 이젠 반백이 되어 흐릿해진 눈동자의, 중년들만 하늘을 올려다보니 별들은 그 옛날 초롱초롱 빛나던 아이들의 별빛 같은 눈동자를 찾으며 홀로 중얼거린다. 나와 눈을 맞추면 그대 꿈이 이루어질 것이라고, 뛰는 가슴을 들어 하늘을 보라고.

시와 당신의 이야기

내 모든 것을 태워 버리고 따뜻한 마음 하나 남겼소.

## 숯

숯은 나무를 불에 태워 만든다. 불탄 나무를 식히는 방법에 따라 숯의 종류가 달라지기도 하지만 숯의 품질은 나무의 종류에 따라 달라진다. 일반적으로 제일 상품의 숯은 아주 잘 마른 참나무로 만든 참숯이라고 한다.

상품의 참숯을 만들기 위해서는 굵은 참나무를 잘 말린 후 숯가마에 넣고 고열로 태워 목질이 다 타면 꺼내 식히는데, 식힐 때 모래를 덮어 빨리 식히면 백탄이 되고 모래를 덮지 않고 천천히 식히면 흑탄이 된다고 한다.

나무가 숯이 되기 위해서는 화려한 시절의 잎과 껍질을 다 벗어 던지고 나무가 베어지기 전 머금고 있던 내부의 물까지 전부 버리고 햇빛과 바람에 자신을 잘 말린 후 1,000도가 넘는 불 속에서 자신을 깡그리 태워야 한다.

나무를 치장하던 잔가지와 껍질, 어쩌면 잘린 부위에서 피어날지 모르는 새싹과 몸속에 남아있을지 모를 미련을 모두 태우고 순정하게 정화함으로써 자신을 완벽히 죽이고 새로운 물질로 다시 태어나는 것이다.

그 모든 화려함과 욕념을 정화시키고 새까만 한 덩이 목탄으로 새로 태어나니 이젠 옛날의 화려한 꽃과 나뭇잎, 윤기 있던 몸과 열매에 대한 기억은 모두 잊었다. 나무는 이제껏 자신을 위해 살았다면 이제는 자신을 살라 세상을 따뜻하게 데우는 숯덩이가 된 것이다. 새하얀 재가 되어 흩어질지라도.

시와 당신의 이야기

주름으로 그려가는 풍경화에 오늘 나는 어떤 주름 새기려나?

### 얼굴

나이를 먹으면 자신의 얼굴에 책임을 져야 한다는 말이 있다. 그 말은 얼굴에 젖살이 빠진 후에는 자신의 얼굴을 자신이 만들어간다는 의미일 것이다. 그렇다면 사람은 자신의 얼굴을 어떻게 변화시키고 만들어가는 것일까?

사람에 따라 젊을 때는 얼굴이 아주 잘생겼는데 나이 들어 어둡고 음침하게 변하면서 보기 싫게 변하는 사람이 있는 반면 어떤 사람은 젊을 땐 못생겼는데 나이 들어 얼굴이 활짝 펴지면서 보기 좋아지는 얼굴이 있다.

그런 것을 보면 얼굴은 나이를 먹어가면서 변하는 것은 분명한데 어떻게 변하는지는 그 사람의 생활이나 삶의 태도에 달려 있는 것 같다. 생활 속에서 자신이 가장 오래 짓는 표정으로 만들어지는 주름에 의해 얼굴이 새로 그려지는 것이다.

나이 들어 얼굴이 둥글게 변하는 것은 그 사람의 마음이 원만하여 항상 웃으며 살기 때문이고 아기처럼 유약하고 천진하게 보이기까지 한다면 그러한 삶이 오래도록 몸에 배어 얼굴로 드러나기 시작한 것이다.

나이가 들면 얼굴이 둥글어져야 함에도 그러지 못하고 근엄하게 각이 잡혀 있다면 바람을 부드럽게 흘리지 못하고 깎여야 한다는 것이니 아직 삶이 힘들다. 하루 중 사람이 가장 오래 표정을 유지하는 것은 잠잘 때인데 그런 사람은 어쩌면 잠잘 때도 표정을 풀지 못하고 있거나 잠조차 제대로 자지 못하고 있는 것인지 모른다.

## 마른 하늘에는 꽃이 피지 않는다.

무지개

비가 내리는 원리와 무지개가 뜨는 원리는 과학으로 규
명되었으니 그 환경만 조성된다면 반드시 비가 내리고
무지개도 뜰 것입니다. 비가 내리는 날 내 눈에 무지개가
보이지 않는 것은 나에게 아직 환경이 조성되지 않았기
때문이지요. 내 앞은 아닐지라도 세상 어딘가 꿈과 희망
이 절실한 곳에서 물방울들은 눈물을 흘리며 열심히 무
지개를 피워 올리고 있을 것입니다.

# 2장

# 꽃을
# 피워라

신종이든 변종이든 자연이 솟아오르는 것을 막을 수 없다.

## 스프링

봄은 영어로 스프링이다. 어쩜 그리 그 특징을 딱 맞게 꼬집어서 지었는지 신통하다. 글자 그대로 봄에는 만물이 막 솟아오른다. 산속 옹달샘을 덮고 있던 얼음이 녹자 샘물이 솟아오르고, 땅을 덮고 있던 살얼음이 녹자 그 자리엔 파릇파릇 새싹이 솟아오른다.

나무들은 한창 물이 올라 고로쇠나무는 수액을 뿜어내고, 매화나무는 가지마다 봉오리가 솟아올라 꽃을 피우고, 살구나무 벚나무 진달래 모두, 가지마다 봉오리가 솟아올라 꽃을 피울 준비를 하고 있다.

개구리는 벌써 시냇물에서 솟구쳐 짝을 찾아갔고, 일찍이 산란된 도롱뇽알들은 부화하려고 막 부풀어 오르고 있고 뒷산 까투리도 하늘을 날기 위해 여린 날개로 푸다닥거리며 뛰어다니고 있을 것이다.

그 옛날 이맘때면 개학을 맞이하여 다시 만난 친구들은, 어느새 머리가 훌쩍 솟아올라 엄마 키만 한 아이들도 있었고, 봄과 함께 움트듯 훌쩍 솟아오른 아이들은 온 교실을 뛰어다니며 재잘재잘 봄을 노래하였다.

예나 지금이나 변함없이 봄이 되면 움츠려 있던 생명들이 스프링처럼 다 솟아올라 어느새 겨울은 흔적조차 없이 사라지니 그 잔당들은 말해서 무엇하랴! 정말 신종이든 변종이든 그 무엇도 자연이 솟아오르는 것을 막을 수 없다.

삼겹살은 사랑으로 뒷면까지 노릇노릇 구워야 한다.

·

# 삼겹살

가족과 삼겹살을 먹으러 가면, 언제나 집게를 잡고 삼겹살을 굽는 사람은 나다. 어느 자리에서든 집게를 잡고 삼겹살을 구울 때는, 태우지 않고 노릇노릇하게 잘 굽는 게 관건이다. 사람에 따라서는 육즙이 빠져나간다느니 하면서 태클을 걸기도 하지만, 가족들 중에서는 내게 태클 거는 사람은 우리 어머니뿐이다.

사실, 삼겹살을 맛있게 굽는 것이 쉽게 보이지만 그게 그렇게 쉽지 않다. 그리고 사랑을 안 해 본 사람은 삼겹살을 잘 못 굽는다고 내 장담한다. 왜냐하면 삼겹살을 혼자 구워 먹는다면 무슨 재미가 있고 무슨 맛이 있겠는가? 그리고 혼자서 삼겹살을 구워 먹는다면, 대충 후다닥 구워 먹고 말지, 맛있게 구울 방법까지 연구하진 않을 것이기 때문이다.

사랑하는 사람과 함께 먹어야 그녀가 먹기 좋게 잘 구워줄 방법을 생각하고, 아이들의 건강을 생각해 최대한 태우지 않으려 노력하고, 먹기 좋게 자르는 방법까지 연구하니, 삼겹살 굽는 실력은 연애할 때 기초가 닦이고, 결혼과 동시에 슬럼프를 겪다가, 애들이 태어나면 다시 발전을 시작하여, 애들의 성장과 함께 완숙의 경지에 이르는 것이다.

후배들과 삼겹살을 먹다, 누군가 삼겹살에 관한 시를 한번 지어보라 하여 고심하다, 접시에 담긴 삼겹살의 역설적인 아름다움을 꽃으로 표현해 보았다. 오늘 삼겹살데이를 맞아 내가 저 돼지를 구제해줄 능력이 되지 않는 한, 한 점 태우지 않고 맛있게 구워 먹어주는 것이 돼지의 희생에 대한 최소한의 예의라 생각하고, 오늘도 최선을 다해 아름다운 삼겹살 꽃을 꺾어보련다.

~~~~~~~~~~~~~~~~~~~~~~~~~~~~~~~~~~~~~~~~~~

김치볶음밥을 먹어도 그 아이 입에서는 단내가 났다.


~~~~~~~~~~~~~~~~~~~~~~~~~~~~~~~~~~~~~~~~~~


## 봄의 숨결


요 근래 겨울은 몇 년간 포근했었는데, 올겨울은 그나마 조금 겨울다웠던 것 같다. 부산엔 눈이 안 왔지만, 전라도나 경남 시골 위쪽으로는 눈도 제법 오고, 추위도 제법 기승을 부렸다. 부산에도 어릴 적엔 상당히 추워, 콧물 질질 흘리며 배를 다 내놓고 다닐 땐 손이 꽁꽁 얼어 다 부르트고, 따뜻한 물에 손을 불려 조약돌로 때를 벗기곤 했었다.


당시엔 설 전후하여 매우 추웠지만, 동네 개구쟁이들이랑 온 산과 들을 돌아다니며 놀다 동네 어귀로 들어서면 여자애들은 고무

줄놀이를 하고 있었고, 우리가 고무줄을 끊고 도망가면 꼭 나만 잡으러 오던 그 아이. 꽃망울 지는 이맘때쯤 되면, 오랜 세월 세상의 한파를 맞아 꽁꽁 얼어붙어 있던 소년의 가슴속 추억들도 봄바람에 녹아난다.

아직 봄이 완연하지 않지만, 한낮의 따스한 햇볕이 마치 봄볕처럼 따스하게 몸을 감싸니, 벌써 봄이 옆에 와 있는 것처럼 마음이 포근해진다. 햇빛에 반사된 봄이건만 바람만 불어도 봄의 숨결이 느껴지고, 봄의 숨결이 언 가슴을 녹이고 세상마저 녹인다. 봄의 숨결은 모든 생명들의 가슴을 녹이고 마음을 활짝 열어젖힌다.

봄의 숨결은, 모든 생명들이 가슴속 깊이 간직하던 사랑의 씨앗을 발아시켜 사랑의 싹을 활짝 틔우고, 아름다운 꽃을 피워 그 향기를 뿜어 올린다. 봄의 숨결은 어릴 적 그 아이의 단내 나는 속삭임처럼 나의 귓가를 맴돌며 가슴으로 파고든다. 그러고 보니, 김치볶음밥을 먹어도 그 아이 입에서는 단내가 났다.

첫 고백에 놀란 소녀의 눈망울처럼.

# 개화

　요즘은 카메라 기술이 워낙 발달하여, 꽃이 피는 모습을 촬영하여 실제 꽃이 피는 것처럼 재생이 가능하지만, 현실에서 실제 꽃이 피는 것을 본 사람이 있을까? 정말 지극정성으로 꽃을 키우는 농부야, 밤새도록 꽃을 지켜보다 보면 꽃이 개화하는 순간을 포착할 수 있을지 모르지만, 대부분의 사람들은 꽃몽오리가 펴지는 모습을 실제로 보지는 못했을 것이다.

　진정 꽃이 피는 것은 하나의 우주가 탄생하는 것처럼 오묘한 것이지만, 그 꽃을 피워내는 나무의 속사정은 어떨까? 나무도 어린 나무는 꽃을 피울 수 없을 테니 성년이 될 때까지 자신을 키운 후, 아름다운 세상의 계승을 위해 예쁜 봉오리를 만들어, 비바람을 견디며 소중하게 키우다 어느 날 봉오리를 터트릴 것이다.

그 봉오리를 터트리는 일은, 자신의 여리디여린 꽃잎을 비바람 몰아치는 세상에 홀로 내보내는 것이니, 마침 개화한 날 날씨가 안 좋아 꽃잎이 상할까 노심초사하면서, 몇 날 며칠 밤잠을 설치며 온 힘을 다하여 비바람을 예측하다, 그중 가장 좋은 날 비바람이 잦아들어 미풍마저 잠든 고요한 새벽, 아무도 모르게 살짝 터트릴 것이다.

봉오리가 터지는 그 순간, 세상의 모든 움직임은 정지되고 꽃잎이 파르르 떨리면서 아름답게 펼쳐지니, 품고 있던 향기가 빅뱅의 순간처럼 폭발하며 세상을 아름답게 휘감는다. 숲의 아름답고 경사스러운 날 제 역할을 멋지게 해낸 그 순간 꽃에 이슬이 맺히는 것은, 꽃이 얼마 못 가 떨어진다는 것을 알고 있기 때문일지 모른다.

내가 궁금한 이야기로는 상대의 공감을 끌어낼 수 없다.

#

## 별로 안 궁금한 이야기

부모님께 효도하는 방법은 다양하고 많겠지만, 나는 그중 제일을 전화 통화라 생각한다. 용돈도 중요하겠지만 점점 무덤덤해지고, 옛날처럼 문안을 드리는 것도 기분은 흐뭇하시겠지만, 남들이 볼 수 없으니 자주 하다 보면 시큰둥해진다. 그런데 전화는 다르다. 전화는 서로를 보지 못하는 상태에서 대화를 하니 더 애틋해지기도 하고, 흠이 안 보이니 더 화기애애할 수 있다.

내가 어머니 근처에 분가해 살기에 집은 멀지 않아도 혼자 계실 거란 걱정에 자주 전화를 한다. 그런데 어머니께서 내가 가서 안마해드릴 때보다 전화를 더 좋아하시는 것이 아마 아무리 잘난 자식들이 있어도 전화 한 통 없는 사람이 태반인데, 못난 자식이라도 이리 전화를 자주 해 드리니 친구들 앞에서 면이 서시는 것 같다.

약 2년 전 장모님께서 혼자되시어 집사람과 서로 교차하여 전화를 드리기로 했는데, 장모님은 조금 더 젊으신 데다 시장에서 장사하고 계시니 바빠서 내가 전화드리면 금방 전화가 끝나지만, 집사람이 어머니께 전화를 드리면 어머니는 집안일에 손자 걱정, 친구 얘기 등 별로 안 궁금한 얘기를 오래도록 하신단다.

나야 남는 장사라 싶지만 그래도 끝까지 들어주는 집사람이 고맙고 미안하여, 그날은 집사람과 커피를 한잔하면서 별로 안 궁금한 이야기를 다 들어주었다. 어쩌면 궁금한 이야기는 내가 필요해서 듣고 싶은 이야기지만, 안 궁금한 이야기야말로 상대가 나에게 하고 싶은 이야기일지 모른다.

그래서 나는 상대의 별로 안 궁금한 이야기를 잘 들어주는 사람이 진정으로 그 사람을 이해하고 사랑하는 사람이라 생각한다. 가정의 화목 또한 상대의 별로 안 궁금한 이야기를 귀담아 잘 들어주는 데서 출발하는 것 아닐까?

갈피를 잡지 못하는 그대 마음 진눈깨비가 되었구려.

---

### 진눈깨비

춘삼월에 눈이 내린다. 아니 비와 함께 내리니 눈이라 할 수도 없고 진눈깨비라 불러야 할까? 비라면 처음부터 우산을 쓰면 되고 눈이라면 우산이 필요 없을 터인데, 이렇게 헷갈리게 내리니 우산을 써야 할지 말아야 할지 종잡을 수가 없다.

아직도 여자 마음을 잘 모르지만, 우리 젊은 시절엔 정말 여자 마음을 몰랐다. 특히 젊은 여성들의 마음은 더더욱 종잡을 수 없으니, 오죽하면 여자의 마음을 갈대라 했겠는가. 특히, 나처럼 순진한 청년은 더욱 그랬으리라.

시와 당신의 이야기

세월이 흘러도 어딘가 한 자리를 차지하고 있을지 모를 종잡을 수 없는 그대 마음은, 여전히 이렇게 온탕과 냉탕을 오가며 두 갈래로 내리고, 아직도 그대의 기분 변화에 이랬다저랬다 하는 나의 마음은 우산을 쓸지 말지 갈피를 잡지 못하고 있다.

예나 지금이나 여인의 마음이 초봄에 내리는 진눈깨비처럼 갈피를 못 잡는 것은 자연의 섭리라 하더라도, 이제 지천명을 훌쩍 넘어 메말라버린 가슴까지 싱숭생숭하게 만드는 것처럼 느껴지는 것은, 내 착각일까 아니면 핑계일까?

이 진눈깨비가 다 녹아 흘러가버리고 나면, 오랜 세월 내 마음 속 어딘가에 남아있던 낙엽 한 장도 바싹 말라 흔적조차 없어질 것이니, 아마 그 모든 것이 그대 마음이라기보다는, 그 모든 것이 추억이요, 내 술 핑계이리라.

～～～～～～～～～～～～～～～～～～～

아기의 천진한 웃음이야말로 이 험악한 세상의 백신이다.

～～～～～～～～～～～～～～～～～～～

•
## 팬데믹

지금 백신이 공급된 지 3년이 넘었음에도 바이러스는 변이를 계속하며 기승을 부리고 있어 이번 팬데믹은 올해는 지나야 그 끝을 알 수 있을 것으로 보인다. 다들 팬데믹 상황이 오래되니 생활이 무기력해지고 지치는 것 같다. 다들 팬데믹으로 힘든 가운데, 좀 즐거운 팬데믹을 설정해 봤다.

어느 날 지하철에서 있었던 일이다. 내가 좀 실없기도 하고 아기를 좋아해, 아기들을 보면 표정을 험악하게 지어 좀 놀리기도 하고 애들을 얼루기를 좋아하는데, 덩치가 크고 인상 험악한 분들은 절대 따라 하지 마시기 바란다.

내 착각인지 모르겠지만 내가 좀 유약하고 순하게 보이기에, 내가 애들한테 으르렁대면 아기 엄마들이 인상을 쓰는 경우는 드물었고, 내가 아기들과 으르렁대면 아기들이 까르르르 웃는데, 그런 아기를 보면 아기 엄마도 씨익 웃는다.

아기를 울리는 것도 아니고, 세상에 자신의 아기를 웃게 해 주는데 인상 쓸 엄마는 없으므로 대부분 웃는데, 그러면 나도 신이 나 웃으며 또 아기에게 으르렁하게 되고, 옆에 있던 엄한 아줌마도 웃게 되고 그렇게 웃음이 조금씩 번져 간다.

그런데, 그런 장소엔 반드시 우락부락한 털보 아저씨가 있고, 그 털보는 팔짱을 끼고 한심하다는 표정으로 날 보며 냉소를 날린다. 그래도 나는 주변의 호응에 힘입어 아기랑 으르렁대며 싸우는데, 그 털보도 아기를 쳐다보고는 결국 웃게 된다. 아기의 천진한 웃음이야말로 이 험악한 세상의 백신일 것이니 백신 생산량을 늘리고 대유행하기를 바란다.

춘삼월 하얗게 흩어지던 그대의 미소.

# 춘설(春雪)

착한 그녀는 아무 말 없이 나의 행복을 빌어주며 떠나갔다. 매일 아침 하루도 거르지 않고 나를 위해 일어나 나를 위해 길을 걸으며 나를 위해 밝은 미소를 지어주며 나에게 행복을 주던 그녀는, 그 흔한 냉소조차 없이 떠나갔다.

먼발치서 내가 오는 모습을 기다리다 나와 함께 보조를 맞추어 가던 그녀는, 그 여린 마음으로 얼마나 많은 날들을 나로 인해 애를 태웠을까? 혹시나 이 말을 하면 어떡하나? 혹시나 저 말을 하면 어떡하지?

시와 당신의 이야기

이제나저제나 가슴 졸이며 나의 말을 기다리던 그녀, 내가 먼저 말 걸어주기를 기다리던 그녀를 위해, 용기 없는 못난 놈이 하는 것이라곤 가끔 편지를 적었다 버리는 것. 간혹 편지를 주머니에 넣고선 머뭇거리다 지나쳐 버리는 것이었으니.

그 오랜 기다림의 끝에서 아무 말도 못 하고 떠나가는 용기 없는 못난 내게 원망의 말 한마디라도 했을 법한데 그녀는 아무 말도 없었다. 마치 그런 그녀의 홍조 띤 얼굴과 마음이 혼자만의 착각인 것처럼 느껴질 만큼.

나의 학창 시절 짝사랑은 그렇게 멀어져 갔다. 어느 해 삼월 그녀는 더 이상 보이지 않았다. 그해 2월 어느 날을 마지막으로 그녀는 사라져 갔다. 그날은 언제나처럼 골목길을 돌아가며 지어주던 미소조차 없었다. 세상은 이제 봄이 되면 눈발이 날리지 않는다.

개나리는 땅을 보며 굽어가도 꽃은 나이를 먹지 않는다.

# 개나리꽃

세월의 속도가 나이와 비슷하다 했던가? 그리도 더디던 세월이 나이를 먹으니 너무 잘 간다. 시작이 반이라 했으니, 한 달이 지나면 반이 지난 것이나 마찬가진데, 달력의 날짜가 이미 3월 중순을 넘었으니 올해도 벌써 그 끝이 보인다.

이룬 것 하나 없이 무심하게 세월은 가는데, 그냥 세월만 가면 좋으련만 당연히 내 것인 줄 알았던 것들을 하나하나 빼앗아 간다. 그놈의 세월은 오래전 내게서 청춘을 빼앗아 갔고, 이어 젊음을 빼앗아 가더니, 이제는 건강을 달라 하고 목숨까지 요구할 태세다.

시와 당신의 이야기

세월은, 날아다니던 내게서 날개를 빼앗더니, 이제는 시끄럽다며 뛰지 말라 하고, 흉한 얼굴 보기 싫으니 허리도 좀 숙이고 다니란다. 이러다간 내 다 빼앗기고 땅속에 파묻힐 것 같아, 정신만은 또렷이 차려야겠다는 생각이 번쩍 든다.

정신을 차리고 구구단을 외워보니 다 외워지고, 과거를 회상해봐도 아직 멀쩡하고, 글도 나름 논리적으로 잘 써지는 것 같다. 나이는 세는 게 귀찮아 일부러 안 세는 것이고, 이제는 굳이 새로운 친구를 사귀고 싶지 않아, 숫자나 이름은 일부러 기억하지 않는다.

그러고 보니 올해 새로 핀 개나리꽃은 삼십 년 전과 마찬가지의 모습을 하고 있다. 세월이 흐르니 개나리가 땅을 보며 줄기를 길게 늘이고 있지만, 꽃은 병아리처럼 여전히 노란색에다 오히려 더 진하게 느껴진다.

말도 못 하고 혼자 울렁이지만 익사할 만큼 깊다.

### 춘풍연못

짝사랑은 아름다우면서도 슬프다. 사랑의 마음이란 모두 다 아름다우므로, 도가 지나치지만 않는다면 짝사랑이야말로 사랑의 시작이요, 가슴속 단풍 낙엽 같은 사랑이다. 다만, 우리의 어릴 적 짝사랑은 제대로 말도 걸지 못했기에, 한편으로는 애잔한 추억이다.

고등학교 다닐 때, 등굣길에서 매일 같은 시각에 만나던 여학생. 만난 것이 아니라 매일 같은 시각 같은 장소를 스치며 지나가던 여학생. 어느 날 안 보이면 혹시 아픈가 하고 걱정했지만 집도 몰라 가슴만 태우던 여학생.

아마 그 시절 남녀 불문하고, 학생들 대부분 그런 경험이 있을 것이다. 그래서 학교 등굣길은 언제나 그런 풋풋한 짝사랑이 피어나는 아름다운 길이다. 물론, 대부분은 1년 내내 보면서도 말도 한마디 못 건네지만.

어쩌다 쪽지 한번 전달해 보겠다 마음먹고, 각종 책에서 멋들어지게 편집해 쪽지를 만들어 갖고 다니다 결국 전하지 못하고 애만 태우지만, 어찌 보면 짝사랑은 서로의 힘든 등굣길을 가볍게 만들어주었다.

서로의 눈빛, 서로의 몸짓, 서로의 발걸음 소리로도 알아볼 수 있는 것이 사랑이기에, 사랑은 결코 감출 수 없는 것인데, 다시 돌아간다면 말이라도 한 번 걸어보련만, 그 시절 그 나무는 연못을 울렁거리게 만들고는, 바람결에 꽃잎을 떨구며 그렇게 사라져갔다.

삼십 년이 흐른 사월 어느 날 꽃잎은 왜 내 머리를 스치는가!

## 눈사월

간혹 어릴 적 사랑이 결혼까지 연결되는 경우도 아주 드물게 있지만, 대부분의 우리 젊은 날 사랑은 그리 길지 않았다. 철이 없기도 했지만, 아직 인생이 뭔지 몰랐고, 인생을 설계할 능력도 없던 때였다.

당연하고 영원할 것 같던 그 시절의 사랑은 어느 날 그 모든 것이 떠났을 때 가장 어두운 구석에 찌그러진 채 버려져 있었다. 차라리 눈이라면 차가운 겨울날 녹지 않고 길모퉁이 그늘에 오래도록 남아있을 텐데 벚꽃은 열흘을 못 간다.

사랑은 그렇게 한 계절 눈물을 남긴 채 화려한 꽃잎처럼 바람에 날려가고, 꽃이 진 자리에는 상처가 남아 몇 해 동안 꽃이 피지 않았다. 흐르는 세월에 아물었지만 그 짧았던 사랑이 가장 화려했던 계절에 핀 꽃이므로 매년 봄, 꽃을 보면 그 시절이 떠오른다.

　청춘은 다시 오지 않고 꽃도 그 시절 꽃이 아닐 텐데 나의 눈과 감각기관이 무뎌진 것인지 봄만 되면 화려한 꽃들이 그 시절을 떠오르게 만들고선 저 홀로 사라져 간다. 올해도 역시 무심한 봄비에 꽃은 금세 떨어져 쓸려 가는데.

　그리움으로 응결된 가슴 하얗게 서리 내린 머리 하늘하늘 떨어지는 그대를 닮은 눈송이. 그냥 조용히 피었다 소리 소문 없이 빗물에 쓸려갈 것이지 어김없이 나를 그곳으로 데려갈 듯한 착각에 빠뜨린다. 억지로 다시 정신을 차리지만 세월이 흘러도 봄만 되면 꽃잎이 내 머리를 스친다.

그녀의 말 없는 가르침이 내 가슴을 울리고 되새길수록 더욱 커진다.

# 염화미소

　사랑을 해 본 사람은 안다. 사랑이 얼마나 아름다운지. 그리고 이별이 얼마나 사람을 성장시키는지. 내가 사랑을 해 본 사람이 이별을 안다고 단정적으로 말하는 것은, 사랑을 해 본 사람 중 이별을 해 보지 않은 사람은 없기 때문이다.

　어떤 사람은 나는 초등학교 짝지랑 대학교까지 같이 졸업하여 결혼했기 때문에 이별을 한 적이 없다고 말할지 모르나, 그것은 자신이 제일 잘 알고 있을 것이다. 그 과정에서 무수히 많은 이별과 아픔을 경험했음을.

중간중간 다른 사람을 만났다 헤어졌을 수도 있고, 단 한 사람이었다 할지라도 얼마나 많은 우여곡절 속에서 이별과 만남을 계속했을까? 아마 그런 과정이 없었다면 나는 그 사람들은 정열과 열정이 없는 로봇이라 말하고 싶다.

사람이 타인을 사랑함으로써 자신을 더 사랑하게 되고, 사랑하는 법을 알게 되어 사회를 사랑하게 되고 성장해 가는 것이지만, 사람은 이별을 통해 진정 소중한 것이 무엇인지를 깨닫게 되고, 자기 주변의 아주 작고 사소한 것이 얼마나 아름다운 것인지를 깨닫게 된다.

사랑이 본능이라면, 이별은 거기에 이성을 더하여 사람의 영혼을 살찌우고, 사랑을 더 오래 잘 키워나가는 방법까지 알려주는 것이다. 젊을 때 나는 계절의 의미도 몰랐는데 사랑이 떠난 후, 세월이 흐를수록 그 사람의 말 없는 가르침이 내 가슴을 울리고, 되새길수록 더욱 커진다.

~~~~~~~~~~~~~~~~~~~~~~~~~~~~~~~~~~~~~~~~~~~~~~~~~~

꽃잎은 다 떨어져 쓸려 가는데 눈 굴리는 비둘기 살만 찌는구나.

~~~~~~~~~~~~~~~~~~~~~~~~~~~~~~~~~~~~~~~~~~~~~~~~~~

## 봄콕

몇 년 전부터 유행한 아재개그 중에 '확찐자'라고 있다. 코로나로 인해 갇혀 지내다 보니 코로나는 확진되지 않았지만, 살이 확 쪄버렸다는 말일 것이다. 정말 그런 것이 몇 달 보지 못한 사람을 어쩌다 만나보면 살이 부쩍 찐 것이 보인다.

사실 나는 살 좀 쪄보려 그렇게 노력해도 살이 안 찌는 체질이라 살찌는 게 정말 부러운데, 많은 사람들이 살과의 전쟁을 치르고 있는 것 같다. 역시 사람은 사람과 어울리며 운동도 하고 함께 어울려야 살도 빠지고 건강해지기 때문이리라.

시와 당신의 이야기

우리는 사실 건강을 위해서도 운동을 하지만, 어울리는 무리 속의 기대나 경쟁 또한 무시 못 한다. 보통 사람이 자신의 건강이나 어떤 필요성 때문에 하는 것은, 대부분 최소한의 방어적 성과를 넘기 어렵다.

그러나 무리 속의 기대나 경쟁이 있을 경우, 고독한 수련을 해서라도 그 기대에 부응하거나 경쟁을 이겨낸다. 마라톤을 혼자 하는 운동으로 알고 있지만, 대부분 동호인들과 함께 경쟁하면서 하기에 더 즐겁게 운동하고 기록까지 경신하는 것이다.

그런 것을 보면 인간이 간사하다기보다는, 인간은 어쩔 수 없는 사회적 동물이라는 생각이 든다. 그럼에도 불구하고 이 좋은 봄날 함께 운동하지 못하고 코로나에 감금된 채, 유리창 밖으로 꽃잎을 밟고 지나가는 비둘기만 보고 있자니, 내가 점점 어항 속의 메마른 올챙이가 되어가는 것 같다.

건물 밖은 따뜻하여 봄날이건만 건물 안은 춥구나.

# 춘래불사춘

봄이 와도 내 살던 반지하에는 햇볕이 들지 않았다. 사실 부산에는 반지하 주택이 그리 많지는 않다. 옛날부터 부산에는 산을 깎아 만든 달동네가 많았고, 따닥따닥 붙어있었기에 햇빛은 잘 들어오지 않았지만, 반지하는 많지 않았다.

대신, 평지에도 주인집 옆에 방 하나와 부엌 하나, 다락방 하나로 구성된 월셋집이 아주 많았다. 그런 동네는 기본 서너 가구에서 많게는 십여 가구가 한집에 사는 것과 마찬가지였기에 서로에 대하여 너무 잘 알고 인정이 많았다.

그런데 부산에서도 잘 보지 못하던 반지하 방을, 서울 도심의 한복판에서 보았다. 약 30년 전 서울에 직장을 잡은 친구의 자취 방에 놀러 가 보니, 서울에는 달동네가 아닌 평지 단독주택지에 도, 대부분 반지하 방이 하나씩 있어 월세를 받고 있었다.

그런 반지하 방은 홍수가 나면 큰 피해를 입기도 하고 변을 당할 수 있기에, 통상 여름 장마철이나 태풍이 올 때는 편히 자기 어렵다. 그런데 어렵사리 겨울까지 잘 나고, 봄이 와서 밖에 햇살이 포근해도, 반지하 건물은 여전히 춥다.

아마 햇볕에 건물이 데워지려면 시간이 걸리기 때문인 것 같은데, 밖은 완연한 봄 날씨에 반팔까지 입고 다니지만, 반지하 건물 안에는 냉기가 그대로 남아 사람을 더 힘들게 만든다. 코로나가 닥친 지금 상황이 마치 그 시절처럼, 봄이 와도 마스크 세상 안에는 햇볕이 들지 않는다. 하늘은 언제쯤에나 이 장막을 걷어줄 것인가!

그저 아이처럼 비울 수밖에, 그저 아이처럼 웃을 수밖에.

## 화무십일홍

몇 해 전 4월 중순경, 장모님 생신을 맞이하여 처가와 함께 충청도 등지로 가족여행을 가게 되었다. 당시 계룡산에 있는 동학사를 들렀는데, 동학사 앞 계곡 광장에서 벚꽃축제를 하고 있었다. 부산은 4월 초에 이미 벚꽃이 다 졌는데 거기는 이제 한창이었고, 축제 현장에서 많은 사람들과 함께 봄꽃을 만끽하면서 제대로 된 꽃놀이를 하였다.

그런데 그때 문득 든 생각이, 만약 제주에서 3월 중순에 벚꽃을 구경한 후 부산과 대구 대전을 거쳐 서울로 계속 올라가면서 벚꽃을 구경하면, 한 달 내내 꽃을 구경할 수 있겠다는 생각과 더불어, 만약 한 달 내내 단풍을 구경하고 싶다면, 설악산에서부터 대전 대구를 거꾸로 내려오면 되겠다는 생각이 들었다.

그렇게 거꾸로 달리면 한 달 내내 꽃구경을 하고 한 달 내내 단풍놀이를 할 수 있는데, 우리 인생도 그런 것이 가능하다면 얼마나 좋을까? 운동을 열심히 하면 신체 나이도 더 젊어지고, 좋은 약을 먹고 바르고 성형수술을 하면, 피부가 탱글탱글해지고 더 아름다워진다면 얼마나 좋을까? 하는 생각이 들었지만 현실은 그렇지 않다.

인간이 아무리 많이 달려도 나이를 먹어감에 따라 심장은 점점 식어가고, 아무리 좋은 약을 먹고 발라도 주름과 흰머리는 늘어가고, 아무리 정교한 성형수술을 해도 나이 들면 다 쳐져 더 흉해져 가니, 육신은 결코 되돌릴 수가 없다. 그나마 우리가 조금이라도 더 젊어지는 방법이 있다면, 그저 아이처럼 비우고, 그저 아이처럼 웃는 것 아닐까?

오십이 되어서야 꽃이 보이고 나무가 보이고 인생이 보인다.

## 철든 저울

점심 먹고 산책을 하던 중, 누군가 오십이 되니까 꽃이 보인다고 말을 한다. 그 말을 듣고 가만히 생각해보니 정말 그렇다. 나는 사실 젊을 때는 꽃을 몰랐다. 꽃은 그냥 이성의 환심을 사기 위해 선물하는 정도로만 생각하였다.

꽃을 누가 어떻게 기르고, 어떻게 판매되고 어떻게 활용되는지, 꽃과 나무가 어떻게 씨를 뿌리고 성장하여 다시 씨를 뿌리고 순환하는지, 꽃을 키우는 사람의 마음과 꽃을 파는 사람의 마음, 꽃을 사는 사람의 마음이 어떤지를 거의 몰랐다.

사람 한 명 한 명이 모두 꽃이나 나무일 수 있고, 우리가 꽃과 나무를 키워 들판에 내놓거나 누군가의 정원으로 보내면, 꽃이 지고 낙엽이 지면서 자연의 섭리에 따라 겨울을 돌아 다시 순환한다는 것을, 내가 가정을 꾸리고 자식을 키우면서 알게 되었다.

지금까지 세상을 살면서 느끼지 못했던, 가장 흔한 것들과 평범한 진리들이 얼마나 크고 위대한 것인지를 이제야 깨닫게 된 것이다. 이번에 코로나의 습격을 받으면서, 우리가 햇빛 아래서 숨을 쉰다는 것이 얼마나 소중한 것인지를 새삼 느꼈고,

공기나 물, 흙처럼 세상에서 가장 흔한 것들이, 바로 우리의 생명과 직결되는 정말 소중한 존재이며, 꽃이나 나무 하나하나가 우리의 인생과 같다는 사실을 알게 되었다. 예전에는 부피가 크고 무거운 것에만 반응하던 내 저울이 이제야 정밀해져 아주 작은 것들과 보이지 않는 것들까지 느낄 수 있게 되었으니, 이제 정말 내가 철이 들어가는 것일까?

걸을수록 지붕이 한쪽으로 기운다.

## 우산

　동양의 우산은 춘추전국시대 장인 노반이 정자에서 비를 피한 것에 착안하여 만들었다는데, 그 쓰임새로 인해 다양한 의미를 내포하고 있다. 비를 막아주는 것을 넘어 사람을 보호하거나 핵우산처럼 지역을 방어한다는 의미, 때론 연인이나 부모로 둔갑하기도 한다.

　비 오는 날 혼자 우산 쓰고 가는 사람의 뒷모습은 외롭고 쓸쓸해 보이지만, 두 사람이 우산대 양쪽으로 나란히 어깨를 맞대고 걸어가는 뒷모습은 참으로 아름답고 훈훈하다. 그 안에서 우산을 든다는 것은 일종의 희생이다.

함께 우산을 쓰면서 그 안에서 우산을 든다는 것은, 나를 넘어 상대를 위한 것이므로 자신은 비를 좀 맞더라도 상대를 보호하기 위해, 우산이 자꾸 상대를 향해 기운다. 그것은 곧 상대를 배려하고 지켜주겠다는 마음의 표현일 것이다.

사랑을 해 본 사람, 사람을 사랑할 줄 아는 사람은, 그 누구와 함께 우산을 쓰더라도 언제나 우산이 한쪽으로 기운다. 특히 사랑하는 사람과 걸을 때 사랑에 푹 빠진 사람은 한쪽 어깨로 빗물이 적셔 와도 그것을 느끼지 못한다.

함께 우산을 쓰면서 자신의 어깨로 비를 받아낼 줄 아는 사람은, 사랑하는 사람을 지켜줄 마음의 준비가 되어 있다. 그래서 그런 사람은 아무리 큰 비가 내리고 어떤 어려움이 닥쳐도 사랑하는 사람과 함께 어려움을 극복해 나간다. 나는 여전히 함께 우산을 쓰면 한쪽 어깨가 젖는다.

곧게 내리던 비가 바람에 부딪치면 사선으로 흐른다.

## 상대성원리

언젠가 비 오는 날, 차를 타고 가다 빗물이 창에 부딪혀 사선으로 떨어져 내리는 것을 보았다. 곧게 내리던 비가 바람에 부딪혀 흐르면서 그만큼 더디게 흘러내리고 있었다. 그렇다면 바람은 시간을 거스를 수 있는 것일까?

우리는 간혹 시간이 안 간다고 조바심을 낼 때도 있지만, 나이를 먹으면 시간이 너무 빨리 흐르는 것을 한탄한다. 세월이 흐르는 속도가 나이와 비례한다더니, 나도 이제 60킬로미터에 육박하는 속도로 빠르게 감을 느낀다.

시와 당신의 이야기

물리적인 시간은 일정하게 정해져 있다 할지라도, 사람이 느끼는 시간은 사람마다 다르고, 시절마다 다 다른 것 같다. 도낏자루 썩는 줄 모르게 시간이 갔다고 하듯, 너무 즐겁고 평온한 시절은 세월이 빨리 가고, 힘들고 어려운 시절은 더디게 간다.

우리는 언제나 현재라는 시간 속에 존재하기에, 우리가 세월을 느끼는 것은 오랜 시간이 지난 뒤일 것이다. 그런데 그 지나온 세월이 너무 평온하고 단조롭다면 기억이 별로 없어 세월이 너무 빨리 흘렀다 생각할 것이고,

지나온 세월에 어려움이 많고 활동도 많았다면, 그만큼 기억에 남는 일이 많아 오래 느껴질 것이고, 시간이 느리게 흘렀다 생각할 것이다. 결국 세월이 지나 돌이켜보면, 기억나지 않는 시간은 전부 지나가는 시간이 되지만, 우리의 간절한 바람, 좌충우돌하는 바람은 시간을 거스른다.

뜨거운 열망으로 기압차가 생겨야 바람이 분다.

## 바람

아주 옛날 민둥산에는 가난한 별들이 초롱초롱 빛났다. 사람들은 제각기 작은 나무를 심었고, 나무들은 천진난만한 아이들과 함께 아름다운 숲을 만들겠다는 멋진 꿈을 꾸며, 함께 성장하였다.

어느덧 산에는 아름다운 잔디와 풀밭이 생기고, 벌과 나비가 날아와 꽃밭을 만들었고, 나무들은 커서 그늘이 되어주고, 산이 점점 청정해지자 개똥벌레까지 날아와 아이들과 숨바꼭질을 하면서 꿈을 키웠다.

시와 당신의 이야기

그런데 어느 순간 나무가 빽빽이 자라나 숲이 되었고, 이젠 나무가 너무 커 바람길이 막혀 버리고, 나무가 숲을 꽉 채워 햇빛과 바람이 통하지 못하니, 작은 꽃과 풀들이 제대로 자라지 못하여 죽어가고 있다.

죽어가는 숲에는, 간혹 큰 나무들이 벼락에 맞아 무시무시한 소리를 내며 쓰러지거나 산불까지 내니, 작은 동물들은 사라지고 별처럼 아름답게 빛을 내던 개똥벌레도 사라져 아이들은 더 이상 숲을 찾지 않는다.

생명이 사라지면 숲도 죽어 사라질 것이니, 이제라도 빽빽한 숲을 벌목하여 바람의 길을 열고 햇빛이 들 수 있게 만들어야 한다. 바람의 길이 열려야 그 길을 따라 햇빛이 들어와 작은 풀과 꽃들에게 양분을 공급하여 꽃을 피우고,

바람의 길이 열려야, 그 길을 따라 새들이 날아들고 별빛이 들어와 풀 죽은 작은 꽃들과 나무들의 가슴을 꿈과 열망으로 채워 데우고, 그로 인해 기압차가 생겨야 바람이 불고 숲이 청정한 공기를 내뿜어 세상을 살맛 나는 곳으로 만드는 것이다.

아무도 걸돌지 않고 잘 비벼져 향긋한.

~~~~~~~~~~~~~~~~~~~~~~~~~~~~~~~~~~

•

# 비빔밥

요즘 맞벌이 부부가 많아지다 보니 가사 분담을 많이 하는 추세인데 바람직한 현상이다. 그런데 우리 세대는, 아직도 가부장적 관념에 사로잡혀, 맞벌이를 하면서도 집안일은 여자가 전담하다시피 하는 집이 많다.

사실 사랑해서 결혼할 때만 해도 손에 물도 안 묻히게 하고, 남자가 집안일도 다 도맡아 하겠다고 큰소리치는 사람이 많다. 대부분 남자들의 그 말은 진심이다. 다만, 세상이 힘들고 사랑이 좀 식다 보니 어기게 된 것일 뿐.

시와 당신의 이야기

그러다 보면, 그때부터 부부간의 가사에 대한 밀당이 시작된다. 우리 남자들은 부모님과 선배들을 통해, 가사 분담이 여자에게서 남자에게로 어떻게 전수되는지 전해 들어 잘 알고 있다. 한 번 밀리면 돌이킬 수 없다는 것을 알기에, 그때부터 남자들의 눈물겨운 저항이 시작된다.

나는 처음부터 백기를 들고 집사람에게 집안일 지휘봉을 맡겼다. 지휘관은 한 명이고, 나는 시키는 대로 따르면 된다. 청소해야 하니 애들 데리고 놀다 오세요 라고 하면 애들과 놀다 오고, 이불 좀 털어주세요 하면 즉시 베란다로 가서 추락 위험을 감수하고 이불을 털어 장롱 속에 넣는다.

밥상 차렸으니 가져가세요 하면 상을 들고 거실로 가고, 빈 그릇은 설거지통에 담아놓으세요 라고 하면 설거지통에 담아놓고, 쓰레기 버리고 오세요 하면 쓰레기를 버리고 온다. 내가 이렇게 지휘관의 지시를 잘 따르니 싸울 일이 별로 없다.

결국, 이 모든 것은 서로 간의 역할 분담과 사랑인데, 내 항상 고맙고 미안한 마음에 주말 아침에는 거의 내가 해결한다. 라면을 끓이거나 비빔밥이 내 전공이다. 비빔밥 한 그릇에 엄마와 장모님, 집사람이 만든 반찬과 내가 한 계란후라이에 참기름까지, 제 잘났다 뽐내지 않고 모두 섞여 잘 비벼지니, 집안 공기가 고소해진다.

아직도 엄마는 내 짐을 덜고자 아픈 무릎 쓰신다.

## 베개

밤에 잠을 잘 자는 것만큼 보약이 없는데, 사람들이 요즘 불면증이 많아지는 것 같다. 스트레스나 노화 등 다양한 원인이 있겠지만, 쉽게 잠들지 못하다 보니 수면유도제나 수면제를 찾는 사람도 늘고, 불면증을 극복하기 위한 다양한 방법이 나오고, 유튜브에도 수면 음악 같은 것의 조회수가 엄청나다.

나도 몇 해 전, 불면증이 생기는 바람에 나름대로 운동도 하고 다양한 방법으로 불면증을 극복했지만, 그때는 정말 괴로웠다. 특별히 무슨 고민이 있는 것은 아니었지만, 자기 전에 피우던 담배

시와 당신의 이야기

를 끊으면서 생활 리듬이 바뀐 후부터 그랬던 것 같다.

당시엔 잠자리에 드는 것이 두렵기까지 했었는데 그럴 때마다 밤새 베개가 고생이다. 집사람에게 방해가 안 되도록 작은방으로 이사를 가, 밤새 이리 뒤척 저리 뒤척 하면서 베개를 짓이기니 베개도 엄청 괴로웠을 것이다.

그 옛날 철없던 어린 시절 엄마 무릎에 머리만 대면 세상모른 채 잠이 들곤 했었는데, 이젠 아무리 푹신한 베개가 있어도 그렇게 쉽게 잠들지 못한다. 내가 나이를 먹어서 그런 것이겠지만 엄마 무릎에는 동화 같은 어떤 오묘한 힘이 있는 것인지도 모른다.

우리 집사람이 집이 번쩍일 정도로 부지런하진 않지만 집안일에 성실한 편인데, 우리 엄마는 무릎이 아파도 최근까지 집에만 오시면 밥을 하고 빨래도 하시면서 베개피를 빨고 베갯속을 베란다에 너셨다. 나는 아직도 엄마에겐 짐이다.

내 나이 오십이 되어서야 눈뜨고 코 뚫린 것이다.

### ● 어머니 손

우리 어머니 손에서는 온갖 냄새가 다 난다. 나는 사실 어릴 적에는 그 냄새가 싫었다. 어머니는 내가 어릴 때, 집안 경제에 아무런 도움이 안 되는 아버지 덕에 1남 4녀를 혼자서 험한 일을 하시면서 키웠다.

당시 어머니는, 부산 시내뿐 아니라 가끔은 지방까지 다니면서, 동네를 돌며 고장 난 상을 걷어 고쳐주는 일을 하셨다. 그 일이 남자가 하기는 그리 힘들지 않겠지만, 여자가 하기엔 좀 힘도 들고 행색이 남루한 일이었다.

시와 당신의 이야기

시골에서 도시로 막 이사 와서, 남편의 능력이 안 되니, 여자가 가정을 꾸리기 위해 할 일이 많지 않아 시작했겠지만, 그 일도 기술이 있어야 했고, 어느 정도 기술이 생긴 후부터는 여자 벌이치고는 괜찮았다고 어머니는 말씀하신다.

그런데 상을 고치는 일은 자개농 보수하는 것과 비슷하여 아교나 페인트를 사용하기에 어머니 손에서는 항상 아교 냄새 같은 것이 났었다. 어머니께서 가끔 내 손을 잡으면 나는 뿌리치지는 않았지만 그 냄새가 무얼 의미하는지 나는 전혀 몰랐다.

어머니께서 일을 그만두신 지 30년이 넘어가지만, 내가 어머니 손을 가끔 잡으면 어머니 손에서 아직도 그 냄새와 함께 다양한 냄새가 맡아진다. 그리고 이제는 그 냄새들이 무엇을 의미하는지 나도 안다. 내 나이 오십이 되어서야 눈을 뜨고 코가 뚫리니, 어머니는 장애인을 50년 동안 정성으로 키워 사람으로 만드신 것이다.

성인이 된다는 것은 자신의 색을 갖는 것이다.

## 초록의 성인식

어느 날 산에 올라가니, 산 전체가 선명한 녹색으로 변해 녹색 천지가 되어 있었다. 그야말로 녹음이 우거진 것이다. 코로나다 뭐다 난리를 쳐도 결국 세월은 가고, 자연은 때맞춰 성장하고 스스로 변해간다.

초봄에만 해도 파릇파릇 돋아나던 새싹들이었는데 저도 이제는 어엿한 성인이라며 녹음이라 불러달란다. 생각해보니 그도 우리와 마찬가지로 추위와 암흑 속에서 오랜 세월을 견디다 마침내 올해 봄, 딱딱한 껍질을 깨고 여리디여린 초록잎을 세상에 내밀었을 것이다.

   그런데 잔뜩 기대를 품고 나온 새로운 세상은 밝고 촉촉하기도 했지만 알 수 없는 모호한 먼지투성이에, 세찬 비바람이 불고 싹을 갉아먹는 곤충과 새들뿐 아니라, 무수히 많은 포식자들로 이루어져 있었다.

   세상이 어떤 색인지 자신이 어떤 색인지도 모르는 상태에서 초록이 성장하는 것은 비와 모래바람을 맞고 뜨거운 햇볕을 삼켜 신선한 공기를 토해내고 곤충과 새 같은 포식자들로부터 자신을 지켜내는 것이었고, 그 과정을 통해 초록은 성장하였다.

   그렇게 정신없이 크다 뜨거운 햇살 비치는 어느 날 시원하게 부는 바람에 자신을 내려다보니 어느새 색이 변해 있었다. 초록은 그렇게 성인이 된 것이다. 이제 그는 홀로 폭염에 맞서고 당당히 태풍을 이겨낼 것이다.

이중창이 따뜻한 것은 창문 사이 빈 공간이 있기 때문이다.

## 이중창

젊을 때, 둘이 죽고 못 산다 할 정도로 친한 친구들이 함께 자취를 하면, 반드시 얼굴을 붉히며 찢어졌다. 100퍼센트라고 할 순 없겠지만 대부분 그랬다. 그것은 아마 남녀 사이도 마찬가지일 것이다. 왜 그럴까?

그것은 아마, 사람은 누구나 집을 나서면서 흉물스러운 것은 다 집 안에 숨겨둔 채 말끔하게 씻고 나와 사람을 만나기에 떨어져 있을 땐 별로 단점이 안 보이지만, 함께 살게 되면 장점은 그대론데 숨겨둔 단점이 다 드러나기 때문일 것이다.

시와 당신의 이야기

부부가 결혼해서 초기에 서로 자주 싸우는 것도 아마 그런 이유 때문이 아닐까 생각한다. 사람은 누구나 감추고픈 단점이나 아픔이 있을 수 있는데, 한집에서 함께 살게 되면서 적나라하게 다 드러나니 실망이 커지는 것이다.

유리 사이에 모래 한 알이 낀 상태로 밀어붙이면 소름 돋는 소리가 나듯, 사람의 관계도 최소한의 거리를 유지할 필요가 있다. 서로 간의 적당한 거리는 서로의 존재감을 높여줄 뿐 아니라 상대를 배려할 수 있는 공간을 조성해 서로 간의 다툼이나 삐거덕거리는 소리를 줄여준다.

이중창으로 된 창문은, 빈 공간으로 인해 빗물과 찬바람은 집 안에 스며들기 어렵지만, 따뜻한 햇살은 창문을 관통하여 빈 공간을 포근하게 데우고, 그 결과 집을 따뜻하게 만들어준다. 이중창이 따뜻한 것은 창문 사이 빈 공간이 있기 때문이다.

오늘 문득 길가의 작은 풀꽃들이 나를 보고 웃는다.

# 풀꽃의 미소

사람이 참 간사한 것이, 화장실 들어갈 때와 나올 때가 다르고, 자신의 주변에 너무 흔한 것들이나, 남들이 그토록 바라는 평온한 일상이나, 어떤 이가 그토록 보기 원했던 아침 햇살의 소중함을, 우리는 잘 기억하지 못한다.

또한 사람은 떠나기 전에는 사랑의 절실함을 모르고, 타인이 자신에게 베푼 희생과 배려는 잘 기억하지 못하면서도, 자신이 남에게 준 것들은 너무나 잘 기억하고, 뭔가 특이한 것 또는 간혹 벌어지는 소란이나 고통은 잘 기억한다.

시와 당신의 이야기

그것은 아마 차량 블랙박스의 효율과 같은 우리 뇌의 본능적 선택이겠지만, 사실은 특이한 것들보다 주변에 너무 흔한 공기나 흙, 물이 훨씬 더 소중하고, 소란이나 고통보다 일상의 즐겁고 기쁜 일들, 누군가의 사랑과 배려가 정말 기억해야 할 소중한 것들이다.

그런 것을 보면 우리 세상에는 이름 모를 사람들의 사랑과 배려와 희생이, 미움이나 욕심, 고통보다 훨씬 많은 것 같다. 세상에는 사람들의 사랑과 배려와 희생이 일상적이라 느껴질 정도로 많기에 우리가 잘 기억하지 못하는 것이다.

우리는 매일 산과 들, 도시의 길들을 걷고 있지만, 산과 들, 도시의 길가에서, 수없이 많은 풀꽃들이 우리를 향해 웃고 있음을 잘 기억하지 못한다. 이마를 식히는 한 줄기 바람에 잠시 멈춰 돌아보기 전에는.

벚꽃 잎 희롱하던 고양이 울음소리 애간장을 끓이는구나.

## 봄날 애상

꽃잎은 벌써 다 떨어져 올해의 무더위를 예고한다. 제대로 된 봄을 즐기지도 못했는데 꽃은 일찌감치 다 지고, 파릇파릇한 잎들이 그 자리를 채워 세상을 단정하게 만들더니, 이젠 열매를 익혀야 한다며 그만 놀고 열심히 일이나 하란다.

젊은 날 청춘이 가는 줄도 모르고 일만 해 오느라 꽃이 뭔지 봄이 뭔지도 모르다 이제 봄을 알고 꽃향기도 맡을 줄 알게 되었는데, 그놈의 코로나가 턱 하니 앞을 막아서더니 제멋대로 꽃을 바람에 다 날려 보내버린다.

시와 당신의 이야기

이미 꺾어진 나이는 가슴을 납작하게 만들고 허리마저 굽혀 이젠 자랑할 데라곤 남지 않아 여름이 되어도 백사장에서 뽐내기 곤란하니 우리처럼 볼품없는 중년들에겐 예쁜 등산복 차려입고 따듯한 햇살 비치는 봄날의 산과 들이 최고다.

안 그래도 코로나로 눈치 보다 한두 번 다니지도 못했는데 바이러스 하나 못 잡는 여름은 얼마나 급하게 왔는지, 벌써 땀을 뻘뻘 흘리며 내 곁에서 긴팔을 벗으라고 닦달이다. 이놈의 여름은 감추고픈 중년의 사정은 절대 봐주지 않는다.

너무나 허무하게 봄을 보내면서 떨어져 간 꽃잎에 젊은 날을 돌아보면 그 무덥던 여름날 기괴한 고양이 울음소리를 내며 밤거리를 배회하던 군상들이 있었다. 오늘밤도 길게 늘어지는 고양이 울음소리가 애간장을 끊인다.

해맑게 웃을 때 아름답지 않은 얼굴은 없다.

# 보석

우리 집사람이 미인은 아니지만 화장을 안 해 수수하고 평범한 인상인데, 나는 그 평범함이 편하고 좋다. 그런데 어느 날 가족여행을 가서 부부 사진을 찍었는데 너무 잘 나온 것이었다. 아무런 치장을 안 했음에도 해맑게 웃는 집사람의 얼굴은 이 세상 그 누구보다 예뻤다.

요즘은 결혼에 대한 관념도 바뀌어가고 있다지만, 그래도 나는 결혼이 우리 사회를 유지해주는 가장 이상적인 제도 중 하나라 생각한다. 우리는 결혼을 통해 1명의 배우자를 선택하는데, 그것

시와 당신의 이야기

은 하나의 보석을 선택하는 것과 마찬가지라 할 것이다.

　중년 또는 노년의 부부가 함께 다정하게 걷는 모습을 보면, 정말 아름답고 행복해 보일 때가 있듯이, 부부는 나이가 들수록 서로에게 보석 같은 존재다. 그리고 그 보석의 가치는, 서로를 얼마나 정성 들여 갈고닦아, 빛을 내는가에 달려있다 할 것이다.

　그와는 반대로, 부부간에도 사이가 좋지 않아 서로 인상을 쓰고 가는 부부는 얼마나 불행해 보이던가? 그들은 서로가 서로의 보석임을 모르거나, 보석의 가공법을 몰라 서로의 얼굴에 먹칠을 하고, 상처를 주거나 쪼개고 있는 것이다.

　사람의 얼굴은, 나이가 들면 그 사람이 가장 오래 지은 표정의 주름에 의해 새롭게 만들어지고 그 인상이 결정된다. 성형수술은 나이가 들면 주변 조직과의 불화로 이상하게 변해 본모습이 될 수 없고, 오래도록 새겨진 주름으로 만들어지는 자연스런 얼굴이 자신의 본모습이 되는 것이다. 나는 30년 뒤 우리 집사람을 세계 미세스 자연미인대회에 출전시킬 것이다.

마른 하늘에는 꽃이 피지 않는다.

## 무지개

  우울한 세상에 비가 온 뒤 비치는 무지개만큼 아름답고 희망적인 것이 또 있을까? 빨주노초파남보, 색깔 하나하나가 모두 아름답다. 봄 되면 비가 자주 내리지만, 그토록 아름다운 무지개를 우리가 매번 볼 수 없는 이유는 무엇일까?

  무지개가 만들어지는 원리야 일정할 테니 어쩌면 무지개는 비가 내릴 때마다 만들어질지 모른다. 다만, 우리가 비 올 때마다 하늘만 쳐다보고 있을 수 없고, 내가 쳐다보는 곳에만 무지개가 생길 수는 없는 것이기에 우리가 보지 못할 뿐, 무지개는 항상 생겨

나고 있을 것이다.

어쨌든 우리는 무지개가 언제 어디서 뜨든, 꽃을 피우는 것이 하나의 희생이듯 빗방울이 무지개를 피우는 것도 희생과 고통이라는 것을 알아야 한다. 보이지 않는 작은 물방울들이 빗물과 함께 내려오지 못하고 대기에 남아, 빛에 산란되는 고통, 자신을 속속들이 투시당하는 고통, 증발당하는 고통 속에서 희망을 피워 올리는 것이다.

비가 내리는 날 내 눈에 무지개가 보이지 않는 것은 나에게 아직 환경이 조성되지 않았기 때문일 것이다. 내 앞은 아닐지라도 세상 어딘가 꿈과 희망이 절실한 곳에서 물방울들은 눈물을 흘리며 무지개를 피워 올리고 있을 것이다.

비가 내리는 오늘, 무지개는 피지 않았어도 함께 내려오지 않은 빗방울들이 서쪽 하늘 높이 둥글게 매달려 희망꽃을 피우려 무던히 애를 쓰고 있을지도 모른다. 그리고 또 어느 산골 자그마한 계곡 어딘가에서 예쁘게 핀 작은 무지개가 어린 생명들에게 세상에 아직도 희망이 있음을 알려주고 있을지 모른다.

그리움은 지워지지 않는 한 송이 꽃에 대한 나비의 기억 때문이다.

## 나비효과

나비효과는 나비의 날갯짓이 지구 반대편에서 태풍이 될 수도 있다는 과학이론으로, 미국의 기상학자 로렌츠가 정립한 이론인데, 그 원리가 우리 사회생활에도 딱 맞아떨어지다 보니, 경제학과 일반 사회학, 일상생활에까지 두루 활용되고 있다.

태풍이 만들어지는 데는 무수히 많은 중요한 원인이 있음에도, 그 작은 나비 한 마리의 날갯짓이라는 변수도 허용하지 않는 치밀한 분석이, 결국엔 카오스 이론을 만들고 현대 과학을 발전시켰으니, 세상 모든 일에는 원인이 있다 할 것이다.

시와 당신의 이야기

나비효과를 주창한 그 기상학자가, 태풍을 일으키는 많은 바람 중에서 나비의 날갯짓을 상정한 것도 참으로 오묘하다. 벌처럼 급하게 꿀만 따 가지 않고, 아름답고 평화로운 춤사위로 꽃과 자연과 공존하는 나비의 날갯짓을 태풍으로 연결 짓다니.

나비는 꽃의 입장에서 보더라도 수정을 도와주는 등 아주 유익할 뿐 아니라, 나비가 꽃 주위를 맴돌며 날갯짓을 하는 것은, 꽃의 아름다움을 한층 돋보이게 하고 세상을 아름답게 밝혀주는 한 편의 멋진 예술이 된다.

젊은 날 나의 청춘도 한 마리 나비였다. 그때 꽃을 보러 가면서 힘차게 저은 날갯짓이 지금 바람이 되어 내 가슴에 불고, 그 시절 나비의 열정이 내 머릿속에 떠오르는 아름다운 추억이 되고, 지워지지 않는 한 송이 꽃에 대한 나비의 기억은, 비만 오면 그리움으로 떠올라 나를 우수에 젖게 한다.

## 제아무리 밝아도 스스로 빛을 내지 않는다면 별이라 부르지 않는다.

### 멋진 별

요즘 흔히 사람의 재능과 관련하여 유전자 얘기를 많이 하지만 사실은 사람의 재능과 성공에 유전자는 크게 관련이 없습니다. 우리나라 축구사의 최고 선수를 보면 차범근에서 박지성, 손흥민으로 이어지는데 전부 성이 다릅니다. 그것은 사람의 재능과 성공은 결코 유전자에 좌우되는 것이 아니라는 증거일 것입니다. 그들은 각자 어려움 속에서 장애까지 극복해가면서 성공에 이른 것입니다. 새로이 자신의 역사를 창조하는 자, 그대가 멋진 별이 될 것입니다.

3장

열매를
익히고

흔들리지 않는 꽃은 향기가 나지 않는다.

## · 생화

세상엔 언제나 바람이 불고, 우리는 항상 흔들리며 산다. 바람에는 미풍도 있고 강풍도 있고 태풍도 있겠지만, 어떠한 바람에도 유연하게 흔들리면서 바람을 이겨내고 바람과 함께 사는 자는 살아남고, 바람에 꺾이는 자는 죽는다.

바람 없는 세상이 죽은 세상이라면, 바람에 흔들리지 않는 사람도 조화처럼 생명이 다한 자라 할 것이다. 우리가 움직이는 것 자체가 바람을 맞는 과정이니, 사람이 산다는 것은 매 순간순간 시련을 맞아 그 아픔을 견디며 흔들어 떨쳐내는 과정이라 할 것이다.

시와 당신의 이야기

어떠한 바람을 맞이하더라도 흔들리지 않을 것 같은 강인한 사람도, 알고 보면 속으론 흔들린다. 어쩌면 그는 들판의 오래된 나무처럼 바람의 이치를 알기에, 오히려 바람을 속으로 흡수하여 뿌리를 강화함으로써 흔들림을 최소화하는 것일 것이다.

그리고 그런 사람은 세월의 흐름을 알기에 나이가 들어갈수록 만족하고 용서하고 이해하고 작아지고 부드러워져야 한다는 이치를 깨달아, 나이가 들면 더 이상 욕심을 부리지 않고 시기하거나 남과 다투지 않고 세월에 몸을 맡길 줄 안다.

내 아직 많이 부족하지만, 이제는 세상의 이치를 조금 알고 세월의 흐름도 알 나이가 되었으니, 욕심도 줄여가고 다툼과 시기 질투도 줄이고 있고, 부드럽게 살려고 노력한다. 언젠가 나도 저 꽃잎처럼 흔들리다 바람에 날려가겠지만, 희미한 향기와 함께 나 아직 흔들리고 있다.

업힐 때는 아무것도 몰랐다.

### 회한

  사람은 무슨 일이든 자신이 직접 경험해 보기 전에는 정확하게 알 수 없고, 잃어버리기 전에는 가진 것의 소중함을 모른다. 그것은 누구라도, 아무리 천재라도 마찬가지일 것이니, 어쩌면 그것이 인간의 한계일지 모른다.

  흔히 독서로도 어느 정도 알 수 있다고 말을 하지만, 독서는 간접 경험에 불과하므로 자신이 직접 느껴보는 것의 십분지 일도 되지 않는다 할 것이다. 커피를 한 번도 맛보지 않은 사람에게 아무리 묘사를 잘한다 할지라도, 직접 먹어본 것과 비교할 수는 없는 것이다.

시와 당신의 이야기

남녀 간의 사랑이라는 것도 마찬가지라, 우리는 사랑이 떠나기 전에는 그 소중함을 모른다. 특히, 주로 사랑을 받는 쪽이었다면 더더욱 그럴 것이다. 그리고 그 사랑이라는 것은 부모 자식 간에도 마찬가지다. 아기를 업을 정도로 크지 않은 아기가 뭘 알겠는가?

　우리는 젊을 때 당연히 부모님이 나를 사랑하고, 나도 부모님을 사랑한다고 막연히 생각하거나, 또는 나를 사랑하지 않는다고도 생각하지만, 사실 부모의 자식에 대한 사랑은 정말 맹목적이고 아무런 조건이 없는 무한한 사랑이다.

　요즘 간간이 보도되는 사건들처럼 극히 일부의 경우 아닌 경우도 있겠지만, 어쩌면 그들조차 피치 못할 사정이 있어 그런 것일 뿐 자식에 대한 부모의 사랑은 본능이라 봐야 할 것이다. 또한 본능은 내리사랑이니 자식은 부모의 사랑이 얼마나 큰 것인지 모르는 것이 당연하다. 어리석은 나도, 내가 자식을 낳아 안아보고 업어보고서야 그것이 따뜻한 사랑이라는 것을 알았다.

만물을 원래대로 되살리니 아마 무지개색일걸?

## 비의 색깔

비는 어떤 색일까? 애들이 물으면 우리 어른들은 아마, 비가 무슨 색이 있냐고 말을 할지 모른다. 그러나 자세히 알고 보면 비도 색깔이 있다. 세파에 찌든 어른들만 모를 뿐, 자연의 소중함을 아는 아이들은 알고 있다.

세상을 구성하고 있는 물질은 많겠지만, 가장 대표적인 것을 꼽으라면 공기와 물과 흙이다. 다른 것들도 마찬가지겠지만, 특히 이 세 가지가 없으면 생명이 살 수 없다. 그런데 공기와 흙은 어디나 있지만 물은 조금 다르다.

시와 당신의 이야기

물은 항상 높은 곳에서 낮은 곳으로 흐르기에 만약 어떤 장치가 없다면 모든 생명들이 바닷가로 몰리거나 생존을 위협받게 될 것인데, 그것을 해결해주는 장치가 바로 비다. 비는 물을 세상 곳곳에 공급해주는 혈관 역할을 하는 것이다.

건조한 날씨에 말라비틀어져 누렇게 변한 풀과 나뭇잎을 파릇파릇한 녹색으로 바꿔주고, 가뭄으로 쩍쩍 갈라진 논과 밭을 메워 황토색으로 덧칠을 하고, 먼지만 날리던 뿌연 도시를 깨끗하게 씻어 수채화로 채색한다.

그렇게 하늘은, 다양한 색깔의 빗물을 이용하여 세상을 치유하고 만물을 원래대로 되살린다. 그 성스러운 작업 후 하늘은, 쓰고 남은 비의 색깔들을 다시 구름 위로 올려 보관하는데, 그때 서쪽 하늘에서 비의 색깔들이 신기루처럼 둥글게 비치다 사라지니, 그것을 우리는 무지개라 부른다.

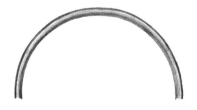

담쟁이는 자신이 움직이는 것을 아무에게도 보여주지 않는다.

###### 담쟁이

우리가 정말 쉽게 하는 말 중의 하나가 '함께'라는 말이다. 그런데 그것은 말이 쉽지 실제는 정말 어려운 말이다. 내가 이 말이 어렵다고 하는 이유는, 진정으로 함께한다는 것은 그 사람의 마음까지 헤아려야 할 뿐 아니라 아울러 자신을 희생해야 하는 것이기 때문이다.

우리는 흔히 불우이웃과 함께하면서 함께 돕고 살기 위해 시설을 방문하기도 하고 기부를 하기도 하지만, 그 도움을 받는 입장을 별로 생각하지 않는다. 그들의 입장보다는 자신의 만족을 먼저

시와 당신의 이야기

생각하거나, 자신의 선행이 사람들에게 알려지기를 바란다.

물론 그조차도 못 하는 사람이 많고 사람은 누구나 그런 과시욕이 있기에, 그런 행위를 할 수 있다는 것만으로도 존경받아 마땅하다. 다만 나는 담쟁이를 보면서 진정으로 함께하고 함께 간다는 의미에 대하여 생각을 해 보았다.

흔한 예로 산행 중에 체력이 약한 친구가 있을 경우, 그 친구가 체력이 약하니 우리 천천히 가 주자고 말한다면, 때로는 그 친구에게 엄청난 상처를 줄 수도 있다. 잠시 어려움에 처한 사람이 있다면 많은 사람들 앞에서가 아니라, 아무도 모르게 도와주는 것이다.

어쩌면 사람을 지탱하는 것은 그 사람의 자존심일지 모르는데, 안 그래도 힘들어진 사람에게 자존심마저 상처 입게 해서는 안 되는 것이다. 담쟁이는 자신이 움직이는 것을 아무에게도 보여주지 않는다.

한 개만 남아 속을 비운 채 베란다에서 어머니처럼 반짝이고 있다.

# 장독

요즘은 아파트 생활을 하다 보니 장독이 없는 집도 많지만, 예전엔 집집마다 장독 몇 개씩은 있었고, 여러 가구가 사는 다세대 주택의 경우, 공동 장독대가 있어 갖가지 종류의 장독들이 모여 구수한 이야기를 풍기곤 했었다.

장독은 도자기와는 달리, 질 좋은 황토 흙이 아니더라도 일반 찰흙에서 불순물을 걸러낸 후 그릇 형태를 만들어 햇볕에 말리고, 그 위에 잿물을 바르고 다시 말려 유약을 바르고 말린 후, 가마에 구우면 완성된다.

시와 당신의 이야기

요즘은 중금속 유약을 사용하기도 하나 예전에는 천연유약을 사용하였기에, 장독은 뚜껑 부위가 아니더라도 몸통으로도 공기가 통하여 숨을 쉰다고 표현하기까지 하였고, 그래서 장독 몸체에 벌이나 파리가 달라붙어 있기도 했었다.

산과 들의 흔한 흙덩이로 만들어진 장독은, 그렇게 숨을 쉬면서 오랜 세월 우리의 먹거리를 구수하게 보존해주고 그 집안의 음식 맛을 좌지우지했었는데, 그 역할이나 모습이 마치 우리 조상들 같기도 하고, 어머니 같기도 하다.

어머니께서 정정하실 땐 아파트 베란다에 장독이 몇 개나 있었고, 장독마다 간장이나 고추장 같은 것들이 가득 차 있었는데, 어머니께서 점점 쇠약해지시니 어느새 장독에도 내용물이 사라지더니, 이제는 빈 장독이 하나 남아있다. 밤에 불을 끄면 베란다에 있는 그 장독이 달빛을 받아 빛난다.

오늘도, 너를 본다.

## 별

산과 바다, 별과 꽃 등, 세상엔 아름다운 사물들이 참 많다. 세상 모든 사물들은 어떤 상황에서 어떻게 바라보느냐에 따라 모두 희망으로 연결될 수 있겠지만, 별은 보이는 모습 그 자체가 희망으로 연결되는 것 같다.

나는 그 이유를, 별의 모습뿐 아니라 별의 본질적인 특징에서 찾아보았다. 천문학에서 별은 스스로 빛을 내는 천체라 정의된다. 따라서 태양도 하나의 별이지만, 흔히들 지구별이라 말하는 지구는, 별이 아니라 태양이란 별을 도는 하나의 행성이다.

시와 당신의 이야기

다들 알다시피, 태양은 고온의 가스덩어리로 구성되어 스스로 빛을 발산하여 태양계 내의 행성에 에너지를 공급함으로써, 무수히 많은 생물들로 하여금 생명을 유지할 수 있게 해 준다. 그리고 그것은 별도 마찬가지다.

그렇듯 별들은 태양계 너머, 빛의 속도로 달려도 수십, 수백 년은 걸릴 거리에서, 억겁의 세월 동안 자신의 몸을 불살라 세상에 빛을 가져다준다. 그러므로 저 작은 별빛 하나하나가 세상에 꿈과 희망을 주는 성스러운 광체라 할 것이다.

세상이 아무리 혼탁해지고 암울해진다 할지라도 밤하늘에는 무수히 많은 꿈과 희망이 별과 함께 존재하고, 세상이 암울하고 어두울수록 별은 더 빛을 발한다. 어쩌면 하늘은 암흑의 공간에 어릴 적 달고나의 별 모양 틀을 찍어, 희망으로 향하는 무수히 많은 구멍을 뚫어 둔 것인지 모른다.

눈을 감아도 빛은 느껴지는 거야.

．

## 눈을 감아도

해가 지고 어둠이 밀려와 세상이 깜깜하게 변해도, 밤하늘에 먹구름이 가득 차 하늘에 달도 없고 별이 하나도 뜨지 않았어도, 세상이 대정전으로 모든 불빛이 사라졌어도, 가까이 서면 희미하게나마 사물이 보인다.

그것은 아마, 구름 너머에 태양을 비롯한 아주 밝은 별들이 빛을 갈무리하고 있을 뿐 아니라, 모든 생명체들은 그 자체로 희미하나마 빛을 내재하고 있기 때문일 것이다. 어쩌면 어둠조차 그 속에 빛이란 씨앗을 잉태하고 있는 것이다.

시와 당신의 이야기

그러므로 사회가 각박해지고 세상이 절망적으로 변해 모든 꿈과 희망이 사라져 가도, 그 속에는 잠재된 별과 같은 꿈과 희망이 존재한다. 그 별빛이 지금 당장 보이지 않는다고 사라진 것이 아니며, 그 누구도 빛을 막을 수는 없다.

아무리 두꺼운 먹구름이 태양을 가로막아도 모든 빛을 다 막을 수는 없으며, 우리가 두 눈을 감은 채 태양을 바라봐도 태양은 우리를 눈부시게 하는 것처럼, 우리의 꿈, 우리의 희망은 그 누구도 막을 수 없다.

그것은 세상이 아무리 힘들고 암울하게 변하고 그로 인해 우리가 절망에 빠지더라도 빛이 있고 희망이 있다는 방증일 것이다. 따라서 우리가 눈을 감아도 태양이 뜨는 한, 꿈이 있고 희망이 있다.

우리는 모두 누군가의 마지막 버팀목이다.

## 버팀목

  사람이 영원히 살 수는 없지만, 사람이 죽는다는 것은 안타까운 일이다. 특히 자살은 더 그렇다. 지병으로 죽는다면 주변 사람들이 준비라도 한다지만, 자살은 주변 사람들이 아무것도 모른 채 그런 일을 당하기에 황망하고 대책이 없는 것이다.

  약 2년 전, 내가 정말 아끼는 사람이 자살을 했다. 나는 아직 그 친구가 왜 그런 선택을 했는지 모른다. 직장이 구조조정 문제로 좀 힘들다는 말은 들었지만, 그 친구도 부인과 자식들이 있었기에 더욱 안타깝고, 아직도 이해가 안 간다.

                                               시와 당신의 이야기

사람은 누구나 사회생활을 하다 보면 많은 어려움을 겪게 되지만, 나이를 먹어갈수록 책임이 더 커지는 데 반하여 몸과 마음은 약해지니, 세상을 살아간다는 게 그리 만만치 않은 것 같다. 최근에는 어린 학생들까지 쉽게 포기하는 것 같아 우리 사회가 점점 살아나가기가 쉽지 않다는 것을 느낀다.

그럼에도 우리가 힘을 내서 살아갈 수 있는 것은, 서로를 지탱하고 있는 버팀목들 때문이리라. 내가 지금 사회에서 큰 곤란을 겪어도, 집에 가면 나를 믿어주는 어머니와 나를 바라보고 내게 힘을 주는 집사람과 자식들, 그 외 친구들과 직장동료, 동네 이웃들, 그들이 모두 나의 버팀목이다.

어떤 일로 어려움을 겪을 때 그들 중 일부가 떨어져 나가기도 하고, 오해로 또 떨어져 나가기도 하겠지만, 사람의 마음은 다 비슷하다. 우리가 서로 경쟁하기도 하고 오해하기도 하지만, 누구도 사람의 마지막 버팀목을 차버릴 만큼 냉혹한 사람은 없다. 우리 모두가 누군가의 마지막 버팀목일 수 있음을 잊지 말자.

사랑의 온기는 늪을 따스하게 말리고
사랑의 눈물은 늪을 호수로 만들 것이니.

·

# 늪

누군가를 미워해 본 적이 있나요? 살다 보면 미운 사람이 가끔 있다. 그런데 그것은 그 사람의 문제가 아니라 어쩌면 자신의 문제일지 모른다. 물론 그 사람도 문제가 있을 수 있겠지만, 미워하고 말고의 선택은 자신에게 달린 것이기 때문이다.

또한, 설사 상대가 미운 짓을 했다 할지라도, 내가 그 사람을 미워하면 그로 인한 괴로움은 나의 몫이 된다. 누군가를 미워하는 순간, 사람의 정신은 거기에 매몰되어 늪처럼 헤어 나올 수 없게 되니 말이다.

시와 당신의 이야기

사람이 나이를 먹으니 별것도 아닌 일로 부딪치게 되기도 하고 마음에 담아 두기도 한다. 그런 것이 마음속에 남아서 점점 커지면 헤어나기 어려운 늪을 만들기도 하는데, 늪이 메마른 마음을 삼키면 사람의 마음을 온통 황폐하게 만든다.

나이를 먹는다는 것은 세상을 살 만큼 살았다는 것이니, 이제는 명예도 자존심도 다 부질없다는 것임을 알 터, 잘잘못을 따지지 말고 모든 것을 용서한다는 자세로, 채우려 하기보다는 버린다는 자세로 살아야 탈이 없다.

늪은 결국 온기가 부족하거나 물이 부족해서 생기는 것이니, 우리가 언제나 따듯한 사랑의 마음으로 살면서, 사랑의 온기로 마음속에 생기는 늪을 따스하게 말리고, 사랑의 눈물로 늪을 가득 채운다면, 잔물결 찬란하게 반짝이는 따듯한 호수가 될 것이다.

네가 우울하면 내 가슴에 장마지거든.

## 장마

무더운 여름에 시원하게 비가 내리면 좋지만, 장마가 들어 여러 날 비가 오면 그리 유쾌하진 않다. 우리 집은 동향에 제습기도 없으니, 아파트 안에도 눅눅해져 무더위에도 불구하고 보일러를 켜 눅눅한 습기를 증발시키기도 한다.

장마철엔 비가 자주 내리니 신발이 항상 젖어 있어, 제대로 된 신발은 한 켤레뿐인 뚜벅이족은, 가끔 퇴근하면 선풍기에 신발부터 말린다. 그래도 그 옛날 연탄불에 신발을 말리다 태워먹던 내 어린 시절보단 많이 나아졌다.

번거롭고 짜증나는 장마철 어느 날, 회사 옥상에 올라가서 부산 도심을 내려보는데 먹구름 사이로 햇살이 살짝 비치니 갑자기 세상이 환해진다. 우중충한 장마철이라 그런지 평소보다 더 환하고 싱그러운 것이 마치 상쾌한 아침햇살처럼 화사하다.

햇살 한줄기가 열흘가량의 장마철 눅눅한 기운을 모두 날려버린 것이다. 마치 우울한 일상을 단숨에 날려버리던 그 옛날 나를 보며 웃어주던 누구가의 환한 미소처럼. 세상이 아무리 각박해지고 살림살이 팍팍해져도, 우리에게 힘을 주는 것은 서로의 미소다.

웃음이 사라진 집과 직장은 장마에 푹 젖은 세상과 같지만, 가족 누군가의 미소, 이웃 누군가의 웃음, 직장동료 누군가의 미소는 세상의 습기를 말리는 햇살과 같으니, 세상살이 힘들 때 그대의 웃음이 바로 한줄기 햇살이다.

아침 숲이 청량한 것은 나무가 밤새도록 별과 함께
꿈을 얘기하기 때문이다.

## 나무의 절친

나무는 세상이 모두 잠들면 깜깜한 어둠 속에서 별과 함께 대화를 한다. 세상의 숲은 동화보다 더 추워, 밤이 되면 차가운 바람이 불기도 하고 눈발이 날리기도 하지만, 나무는 결코 희망을 버리지 않고 변함없이 아침을 맞는다.

나무가 칠흑 같은 숲의 어둠 속에서, 희망을 잃지 않고 이전보다 더 해맑게 아침을 맞이할 수 있는 것은, 별이 함께하기 때문이다. 나무는, 세상이 모두 잠든 후 밤하늘의 빛나는 별과 함께 내일에 대한 꿈을 얘기하는 것이다.

시와 당신의 이야기

샛별처럼 찬란한 별과 반짝반짝 작은 별, 깜박깜박 아기별들과 함께, 밤이 되면 별이 왜 빛나는지, 은하수 너머의 꿈과 지구 반대편 미지의 세계를 이야기하고, 밤이 지면 떠오를, 세상에서 가장 큰 태양이란 별의 희망과 생명을 이야기한다.

나무가 별과 함께 밤을 새우며, 우주의 꿈과 세상에 잉태될 꿈에 관한 얘기를 하다 보면, 나무는 자신도 모르게 가슴에 푸른빛의 작은 별이 씨앗을 품듯 자리를 잡고, 나무에는 은은한 빛과 함께 청량한 기운이 감돌기 시작한다.

아침이 되면 숲속에서 잠을 자고 일어난 새들이 나무의 청량한 기운을 받아 상쾌한 기분으로 노래를 부르니, 새들의 울음은 맑고 아름다울 수밖에 없다. 또한, 숲속의 다른 생명들도 모두 청량한 기운을 받으며 맑고 아름다운 노래를 들으니, 숲 전체가 청량한 기운을 띤다. 이 모든 것이 나무의 절친 덕분이다.

~~~~~~~~~~~~~~~~~~~~~~~~~~~

산도 고개를 숙이고 바다는 수심에 잠긴다.

~~~~~~~~~~~~~~~~~~~~~~~~~~~

## 안개 속 여정

최근 몇 년간 황사와 미세먼지가 심해지다, 재작년 코로나가 발생한 이후 조금 줄었지만, 세상은 여전히 혼탁하다. 오히려 황사 미세먼지에, 눈에 보이지 않는 바이러스까지 합쳐져 세상은 더욱 더 혼탁해졌다.

물론 이 모든 혼란의 원인은, 다른 생명들에 대한 배려와 조화를 생각하지 않는 사람들의 이기심과 욕심이겠지만, 그로 인해 지구가 열을 받고, 세상은 갈수록 메말라가고, 삶은 점점 황폐해지니, 세상일을 한 치 앞도 알 수가 없다.

152 시와 당신의 이야기

게다가 국제 정세 불안과 금리인상, 물가상승으로 세상은 갈수록 혼탁해지고 서민들의 삶은 점점 더 어려워지고 있다. 언제고 어렵지 않은 적이 없었지만 가끔 안개가 낄 때면 마치 우리 서민들의 삶이 한 치 앞도 안 보이는 안개에 휩싸인 것만 같다.

그러다 보니, 바다나 호수가 없는 내륙에서 날씨가 맑은 날에도, 가끔 안개 같은 것들이 자욱하게 끼어, 안 그래도 힘겹게 버텨오던 산어귀와 강가의 작은 생명들의 목을 조르니, 숨을 힘차게 들이쉬고 앞으로 나아가려 해도, 몇 발자국 나가지도 못해 숨이 차 온다.

그런 날에는, 산이라고 저 홀로 맑고 저 홀로 청량할 수 없어 고개를 숙이고, 바다는 안개에 잠겨 수심이 가득하다. 안개 속을 헤쳐 가는 것이 삶이라고, 이제껏 잘 헤쳐오지 않았냐라는 별들의 위로의 말도, 오늘은 안개 속에서 길을 잃고 웅웅거리고 있다.

색깔 좀 빼면 낡아도 봐줄 만하다.

## 흑백사진

모든 화려한 것들의 이면에는, 그와 반대의 어두운 면이나 추하게 감춰진 것들이 존재하기 마련이다. 화려한 장미꽃에는 수수한 꽃들보다 벌레가 더 많고, 고고하고 아름다운 목련은 질 때 다른 꽃들보다 더 추하게 진다.

화려한 인생도 좋아 보이고 많은 사람들이 그러한 삶을 동경하지만, 그 화려함의 이면은 항상 지저분하다. 화려한 권력의 이면은 보이지 않는 어둠이 지배하기도 하고, 그 화려하던 연예계도 질 때는 더욱 서러워 소식조차 끊고 숨어버린다.

시와 당신의 이야기

몇 해 전 회사에서 단체로 박물관을 갔다. 박물관에서 귀중한 가치를 지닌 유물들을 구경한 후 사진 전시회를 갔었는데, 거기에 많은 작품들이 있었지만, 크고 멋들어진 수많은 컬러 사진보다, 귀퉁이의 옛 흑백사진이 더 진한 감동으로 와닿는 것이었다.

우리가 잘 꾸며진 아름다운 화원에서 보는 꽃들은 대부분 비슷하게 보여, 거기에 아무리 아름다운 꽃이 있어도 거기서 거기지만, 길가 보도블록에 핀 한 송이 들꽃은 그 자체로 얼마나 수수하고 고고하고 아름답던가!

나이가 들수록 외모를 화려하게 치장하여 튀기보다는, 외모야 평범하더라도 오랜 수양과 미소로 만들어낸, 편안한 얼굴로 가식 없이 사람을 대한다면 밉상은 되지 않을 것이다. 나이 들어 돈으로 쳐바르고 젠체하면 미움받기 십상이니, 색깔이 있는 듯 없는 듯 티 안 내고 사는 것이 최고다. 색깔 좀 빼면 낡아도 봐줄 만하다.

멀리 갈 새가 아니면 결코 직선으로 날지 않는다.

## 새도 가끔은

일찍 일어나는 새가 모이를 먼저 줍는다는 말도 맞지만, 조금 게으른 우리는 항상 그 반대의 말이나 거기에 빗댄 엉뚱한 말을 늘어놓기도 한다. 늦게 일어나는 새가 행복하다 라거나, 모이가 많은 새는 굳이 일찍 일어나지 않는다 같은.

저 속담은 부지런함의 중요성을 말한 것이겠지만, 우리나라는 사실, 경제 발전기를 거치며 다들 바쁘게 살다 보니, 아직도 그 습성이 몸에 배어있다. 정말 일찍 일어나 모이를 줍는 새처럼 부지런한 것은 좋지만, 이제는 주위를 돌아볼 여유도 가져야 하지 않

시와 당신의 이야기

을까 싶다.

최근 워라벨이라는 말이 화두가 되는 것을 보면, 우리 사회도 오래전부터 노동집약적 산업구조에서 기술집약적 산업구조로 바뀌면서, 삶의 질을 중요시하고 여가시간을 활용하는 방법이 다양하게 발전하니, 그동안 열정과 희생을 통해 모이를 모아두었다면 조금의 행복을 누릴 권리가 있다.

코로나로 이중고를 겪고 있는 이때 너무 한가한 소리인지 모르지만, 우리 노동시간도 주 5일 근무로 들어섰고, 이제는 자동화로 인해 점점 일자리가 줄어들고 있어, 노동시장에 변화가 온다면 여가시간 활용은 더 중요해질 것이고, 설사 또 다른 위기가 온다 할지라도 날개를 좀 쉬어둘 필요가 있다.

어느 날 옥상에서 하늘을 보는데 새가 한 마리 선회하면서 날고 있다. 분명 새의 개체 수가 인간보다 많을 것임에도 새가 하늘을 까맣게 덮은 것을 보기가 쉽지 않다. 그것은 대부분의 새가 평소에는 땅이나 나무 위에서 쉬고 있기 때문일 것이다. 새는 멀리 갈 때가 아니면 결코 직선으로 날지 않는다.

제아무리 밝아도 스스로 빛을 내지 않는다면 별이라 부르지 않는다.

# 멋진 별

요즘 흙수저, 금수저 얘기들을 많이 하고, 사람들은 대부분 금수저를 부러워한다. 나도 간혹 젊을 때는 금수저를 부러워하기도 했었는데, 나이를 어느 정도 먹고 나니, 금수저로 태어나지 않은 것이 오히려 다행으로 느껴진다.

모르는 사람들은 그 말이 위선이니 거짓말이니 할지 모르지만, 지금 나의 생각은 단호히 그렇다. 왜냐하면 삶의 의미를 뭔가를 이루는 것에 둔다면, 흙수저는 자신이 이룬 모든 것을 오롯이 자신의 힘으로 이룬 것이라 주장할 수 있기 때문이다.

시와 당신의 이야기

흙수저는 어려운 가정환경에서 다양한 시련이 있겠지만, 트라우마가 되지 않게 현명하게 극복해 낸다면, 어떠한 일도 극복해 낼 수 있는 지혜와 양분이 되는 데 반하여, 금수저의 황금 틀은 사람을 인형처럼 찍어냄으로써, 온실의 화초처럼 겉은 멋지지만 비닐이 벗겨지면 너무 쉽게 무너진다.

그것은 비닐이 벗겨지는 중년 이후 서서히 드러나기 시작하여 노년이 되면 명확해지는데, 결국 남이 이루어준 것이나 남에게 받은 것은 절대 자신의 것이 아니라는 것이다. 남에게서 받은 것은 어디 가서 자랑도 못 할 뿐 아니라, 무엇보다 자신이 떳떳하지 못하다.

인류 역사를 통틀어 봐도, 역사에 이름을 남기는 자는 오롯이 자신의 힘으로 이룬 사람이다. 어릴 때 천재로 두각을 나타내던 최고 문인의 아들도 중년이 되면 평범해지고, 최고 권력자, 최고 스포츠 스타의 자식들도 좋은 조건으로 잘할 수는 있지만 결코 최고가 될 수 없다.

우리나라 축구사의 최고 선수를 보면 차범근에서 박지성, 손흥민으로 이어지는데 전부 성이 다르다. 그것은 사람의 재능과 성공은 결코 유전자에 좌우되는 것이 아니라는 증거이다. 그들은 각자 어려움 속에서 장애까지 극복해가면서 새로이 자신의 역사를 창조하여 멋진 별이 된 것이다.

나만을 위해 몸을 닦고 나만을 위해 세상을 보고 나만을 위해 눈물 흘린다.

## 눈거울(眼鏡)

그녀는 원래 나와는 다른 세상에 살고 있었다. 그녀의 맑은 두 눈은 아주 깨끗한 세상에서 먼 하늘을 보고 있었고, 내 근처밖에 못 보는 세상 물정 모르던 나는 어느 날 운명처럼 그녀를 만났다.

나는 그녀의 수수하면서도 품위 있는 느낌이 좋아 그녀를 선택하여 그녀의 시선을 땅으로 돌려 나를 향하게 만들었고 그녀는 내 초점을 그녀에게 맞춘 후 내 시선을 더 넓은 세상으로 향하게 만들었다.

나는 그녀와 눈을 맞추며 그녀에게 나랑 아침을 함께 맞이하자고, 나와 함께 세상을 보고 함께 별을 보자고 고백을 하였고, 그녀는 나에게 입을 맞춘 후, 나에게 맞춰주기 위해 자신의 뼈를 깎아내는 고통을 참으며 나의 일부가 되었다.

그녀가 내게 오던 날, 흐릿하던 세상이 환하게 밝아지며 나를 온전한 인간으로 만들었고, 나는 그녀와 함께 세상에 나와, 함께 길을 걷고 함께 밥을 먹고, 함께 별을 보고 함께 잠을 자고 함께 아침 해를 맞이하였다.

그녀는 언제나 나만을 위해 깨끗하게 몸을 닦고, 나만을 위해 세상을 보고 나만을 위해 눈물을 흘렸다. 간혹 기온차가 큰 날 그녀의 눈에 맺힌 뿌연 안개가 그녀의 눈물이다. 나는 세상에 하나밖에 없는 그녀가 흠집이 나거나 깨어지지 않게, 언제까지나 소중하게 지켜나갈 것이다.

그 별과 함께 진 꿈들을 아랑곳 않고 오늘도 또 다른 별이 뜬다.

## 도시에 뜨는 별

　도시에 밤이 찾아오면 도시 곳곳에서 별이 뜬다. 그 별들은 대부분, 낮의 세상에서 별을 찾지 못한 사람들이, 마지막으로 자신의 모든 것을 쏟아부어 도시 곳곳에 쏘아 올리는, 최후의 희망별이다.

　자신이 모은 평생의 재산과 퇴직금에 은행 대출까지 받아, 목 좋은 곳을 잡아 인테리어를 한 후 좋은 이름을 사서 큼지막하게 별을 건다. 우리 도시의 간판들은 전부 그렇게 해서 걸리는 자영업자들의 마지막 희망별인 것이다.

　　　　　　　시와 당신의 이야기

요즘 자영업 환경이 그리 좋지 않다. 안정적인 일자리가 줄어들고 사람들이 예전보다 빨리 명예퇴직을 하여 자영업을 하다 보니, 경쟁은 심해지는 데 반하여 경기도 안 좋은 데다 코로나까지 덮쳐, 영업환경은 더 악화되고 있다.

자영업자들이 쏘아올린 그 별들 하나하나엔 온 가족의 꿈과 희망, 염원이 매달려 있다. 어떤 별에는 50대 가장과 그의 부인, 어린 학생들의 꿈이 매달려 있고, 어떤 별에는 30대 신혼부부의 풋풋하게 부푼 아름다운 꿈이 매달려 있다.

우주의 별은, 자신의 몸을 태워 스스로 빛을 내기에, 밤하늘을 밝히는 것을 넘어 우리에게 영원한 꿈과 희망을 준다. 나는 도시에 걸리는 별들도 우주의 별들과 다를 바 없다고 생각한다. 별똥별에 소원을 빌면 소원이 이루어지듯, 저 별들이 별똥별처럼 떨어질 때에는, 그 별들에 매달린 수많은 꿈과 소원이 모두 이루어지기를.

나 오늘도 희미한 등불을 켜고 빛을 찾아 나선다.

---

## 빛을 찾아

세상에 완벽한 어둠이 있을까? 구름이 꽉 낀 날 밤하늘을 보면, 저 광활한 우주가 한없이 어두워 보이지만, 그 어둠 뒤에서 태양과 무수히 많은 별들이 우주를 밝히고 있음을 우리는 알고 있다.

밤이 되면 지상에도 네온사인 불빛이나 가로등, 아파트 불빛 같은 무수히 많은 불빛들이 어둠을 밝힌다. 해와 달과 별이 없어도 세상의 밤을 밝히는 무수히 많은 불빛들이 있기에, 세상에 완벽한 어둠은 찾기 어렵다.

어쩌면 완벽한 어둠은, 사람이 만들어 놓은 밀폐된 공간이나 아무런 희망 없는 사람의 마음, 스스로 걸어 잠근 마음속에 있다 할 것이다. 그리고 그 어둠은 밀폐된 공간을 벗어나거나 마음의 빗장을 열기 전에는 사라지지 않는다.

우리는 어둠을 벗어나기 위하여 마음의 빗장을 열고 밀폐된 곳을 빠져나와, 끊임없이 걸으며 하늘을 보고 사람들을 만난다. 해와 달과 별을 통해 희망의 빛을 받아들이고, 서로의 눈동자를 통해 마음의 등불을 켜고 함께 세상의 어둠을 밝혀나가는 것이다.

당장 내 빛이 희미하다고 겁먹어서는 안 된다. 아무리 희미한 별도 별이듯, 아무리 희미한 등불도 어둠 속에서는 빛을 발한다. 빛이 빛을 불러 다양한 빛이 함께 모일 것이니 그대가 밝힌 희미한 빛 한줄기가 세상의 어둠을 깨뜨리는 빛의 씨앗이 될 것이다.

오늘 밤도 짙은 어둠과 함께 등대의 불빛은 깊어간다.

# 등대

요즘은 등대도 디자인이 다양해졌다. 등대가 갖고 있는 고유의 속성이 향수를 자극하는 데다, 바다에 와서는 한 번쯤은 봐야 할 것 같은 상징성이 있어, 등대에 독특한 디자인을 입힘으로써 해안 지역을 새로운 관광코스로 개발하고자 하는 사업으로 인한 것이다.

일명 '부산 권역 등대 명소화 사업'인데, 부산 기장군 임랑항 방파제에 있는 '물고기 모양 등대', 칠암항 남방파제의 '야구 모양 등대', 서암항 남방파제의 '젖병 모양 등대'와 남항동 방파제의 '빨간 등대'가 대상인데, 주간 볼거리뿐 아니라 야간 조명도 멋져

시와 당신의 이야기

관광 명소가 되어가고 있다.

그러다 보니 거센 폭풍우, 해일 같은 파도와 싸워가며 고독하게 뱃길을 밝혀주던 전통적인 등대의 모습은 사라지고, 아름다운 디자인의 등대가, 그림 같은 바다 풍광을 배경으로 관광객들과 함께, 하루 종일 사진이나 찍고 있다.

그러나 아무리 멋지게 디자인을 해도 등대는 등대다. 세상이 아무리 변해도 등대의 불빛으로 길을 찾는 자들이 있기에 밤이 되어 차가운 어둠이 밀려오면 또다시 불을 켜고 뱃길을 밝혀야 한다. 철없는 관광객들이 등대의 기능을 의심하지만 매일 밤 등대는 어둠 속으로 불빛을 비춘다.

시끌벅적한 관광객들이 다 떠나 더 허무하고 고독한 밤을 홀로 지새우며, 경솔한 낮 동안의 유희를 뒤늦게 반성하면서, 어둠을 헤쳐 올 자식들의 앞길을 환하게 밝혀야 한다. 오늘 밤도 짙은 어둠과 함께 등대의 근심은 깊어간다.

등짐이 무거우면 허리가 굽어지듯 삶의 무게를 느끼면 사람이 겸손해진다.

### 삶의 무게

나이를 먹는다는 것은 삶의 무게를 느껴가는 과정인 것일까? 쑥쑥 크는 것 같던 키도 정체된 지 오랜데, 언제부턴가 삶의 무게에 눌리는 것인지 허리가 조금씩 굽어오는 것도 같고, 어깨도 조금씩 처지더니 이제는 키가 조금씩 줄어드는 것 같다.

내가 그리 화려하거나 성공한 삶을 산 것은 아닐지라도, 나도 젊은 날 한때 자그마한 성취에 거만도 떨어보고 철부지 같은 행동도 해 보았지만, 지금 돌이켜보면 참으로 어리석은 행동이었음을 느낀다.

시와 당신의 이야기

그래도 내가 직장을 잡은 후 30년 가까이 한 직장에 봉직하고 있으니 무슨 실패를 해 봤을까 생각할 수 있겠지만, 그 과정에서도 무수히 많은 성취와 실패, 아픔과 외로움을 겪으며 삶을 배우고, 삶의 무게를 느끼면서 그 모든 것을 극복해왔다.

　　그러고 보면, 산다는 것은 삶의 무게를 느끼고 그것을 극복해 나가는 과정일지도 모른다. 얼마나 많은 시련을 겪고 극복해 왔느냐에 따라, 삶의 무게가 크고 극복할 수 있는 힘도 커지면서, 그에 비례하여 사람의 무게가 커지는 것이다.

　　삶의 무게란 상대적인 것이고, 사람은 자신이 느낄 수 있는 만큼의 무게가 나간다 할 것이니, 길가에 핀 작은 풀꽃이나 떨어지는 낙엽도 무겁게 느낄 수 있는 사람이라면 결코 가볍지 않은 삶을 살았을 것이다. 그런 사람은 다양한 삶의 무게를 알고 세상과 사람에 스스로 겸손하니 스치는 바람에도 고개를 숙일 줄 안다.

그대가 울면 마음에 샘이 생기고
그대가 눈물 흘리면 맑은 샘물이 고이지요.

## 마음의 샘

세상이 점점 메말라 가고 있다지만, 아직도 우리 사회에는 눈물 흘리는 사람이 많다. 안 그래도 각박한 세상, 눈물 흘리는 사람이 전혀 없다면 우리 사회는 가뭄 든 논바닥처럼 쩍쩍 갈라져 삭막해져 갈 것이다.

우리 사회가 점차 울음을 용납 않는 사회로 가고 있기에 대놓고 펑펑 울진 않지만, 비가 온다고, 바람이 분다고 우는 사람도 있고, 드라마를 보며 우는 사람도 있고, 술 취해 떠나간 님을 생각하며 우는 사람도 있다.

굳이 비에 떠내려갈 생명들, 바람에 날아갈 누군가의 꿈을 위한 것이 아닐지라도, 설사 순간적인 감정에 취한 울음일지라도, 울음은 순정한 것이다. 울음은 그 자체로 사람의 마음을 정화시켜 사람의 감정을 순화시키고, 마음을 맑게 만든다.

사람이 울면 마음에 샘이 생기고 정화된 마음의 결정이 눈물로 맺히지만, 우리의 마음은 천수답이 아니라서, 가끔은 울어줘야 샘이 마르지 않고 샘물이 고인다. 따라서 울음을 부끄러워하거나 눈물을 마다할 이유가 없다.

그리고 마음에 샘이 항상 차 있는 사람은 그 촉촉함이 가슴으로 느껴지니, 그런 사람을 우리는 가슴이 따뜻한 사람이라 부른다. 어쩌면 어린 시절 울보라 놀림 받던 그 아이는 가슴이 따뜻한 아이였는지 모른다.

사랑을 한다는 것은 가슴 속에 영롱한 진주 하나 잉태하는 것이다.

# 진주

사랑의 여신 아프로디테의 물방울, 순결한 매력과 건강, 젊음과 부귀의 상징. 인어의 눈물, 바다의 눈물 등. 진주는 보석 중에서 유일하게 가공하지 않고 그 형태 그대로 사용되는데, 탄생과정이나 아름다움 때문에 예로부터 신비한 보석으로 별칭이 많았다.

조개는, 모래나 기생물 등이 몸 안에 들어오면 내부를 보호하기 위해 체액을 분비하고, 그 체액이 이물질을 감싸며 조직을 만드는데, 그것이 성장하여 진주가 만들어진다. 그 과정을 보면, 그야말로 진주는 조개의 피눈물이 보석으로 승화된 것이라 할 것이다.

시와 당신의 이야기

사람은, 사랑을 해 봐야 세상의 아름다움과 그 이면의 고통을 알게 되고, 삶이 무엇인지, 내가 어떻게 살아야 할지를 고민하게 된다. 사랑이야말로 우리들에게 세상의 참맛을 느끼게 해주는 묘약인 것이다.

우리는 젊은 날 사랑을 하면서 세상의 아름다움을 알게 되었고, 이별을 통해 세상의 쓴맛을 보았다. 이별의 아픔 속에서 세상의 뒷면을 보게 되었고, 그 모든 것을 극복하는 과정에서 세상을 사랑하는 방법을 알게 되었다.

그 모든 과정 하나하나가 조개가 모래를 삼키고 눈물을 흘리는 것과 같은 것이니, 어쩌면 사랑을 한다는 것은 가슴속에 영롱한 진주 하나 잉태하는 것인지 모른다. 누구도 캘 수 없는 가슴속 깊은 곳에, 영원히 키워나갈.

산을 오르고 나면 배낭 속의 짐이 곧 기쁨이요 선물이다.

## 등짐

사람에게는 많은 짐이 있다. 물론 모든 것은 생각하기 나름이겠지만, 사람이 살아가기 위해 필요한 좋은 먹거리를 구하는 것부터 좋은 옷을 구하는 것, 좋은 집을 구하는 것, 그 모든 것을 위해 돈을 버는 것 모두가 어찌 보면 짐이다.

또한, 그 과정에서 공부를 하는 것과 직장생활을 하는 것, 결혼을 하는 것과 자식을 키우는 것, 부모를 공양하는 것도 하나의 짐이며, 올바른 사회 구성원이 되기 위한 우리의 도덕심이나 정의감, 공동체 의식 등 이런 모든 것이 하나의 짐이다.

시와 당신의 이야기

그런데 그 짐이란 것이 참으로 오묘하여, 우리가 등산을 할 때 적당한 무게의 배낭은 사람의 허리를 숙이게 하여 중심도 잡아주고 허전한 등을 채워주기도 하는 것처럼, 반드시 사람을 힘들게만 하는 것은 아니다.

내 인생을 돌아보면, 나는 공부란 등짐을 통해 나를 통제하고 인내하는 법을 배웠고, 결혼과 자식이란 등짐을 통해 진정한 사랑의 위대함을 알았고, 그 외 다른 다양한 짐들로 인해 가벼이 날리지 않고 올바른 길을 걸어올 수 있었다.

그러고 보면 저러한 짐들이야말로 우리 인간을 더욱 인간답게 성장시켜주는 것일지도 모른다. 저런 다양한 짐들을 짊어진 무게로 인해 나는 함부로 궤도를 벗어나지 않았고, 저 다양한 짐들의 고통으로 인해 타인을 사랑하며 함께 살아올 수 있었고,

저 다양한 짐들에 눌림으로써 성실과 겸손을 실천하며 인간답게 살 수 있었으니, 배낭을 메고 산을 오르고 나면 배낭 속의 짐이 곧 기쁨이요 선물이다.

계절 지나 나 야위어 가도 나 그대로 인해 아름다웠소.
나 그대와 함께 행복하였소.

# 안개꽃

솔직히 말하자면 나는 사실 꽃을 잘 모른다. 다른 식물도 잘 모
르지만, 꽃을 직접 본 적도 많지 않고 꽃 선물도 기껏해야 카네이
션이나 장미 몇 송이 정도 해 봤으니, 정말 꽃을 잘 모른다 봐야
할 것이다.

요즘은 화원도 많고, 다들 풍족하여 무슨 기념일이면 간혹 큰
꽃다발을 사기도 하지만, 예전엔 돈도 없고 꽃집도 별로 없어, 꽃
집에 가서 종류별로 꽃을 선택하여 꽃다발을 만들어 본 적이 거
의 없어 안개꽃도 잘 몰랐다.

그런데 꽃다발을 만들 때 거의 필수적으로 들어가는 것이 안개꽃이다. 안개꽃이 흔하고 저렴하기도 하지만 그것보다는, 안개꽃이 다른 꽃과 함께 꽃다발에 합쳐지면 그 주된 꽃이 더 아름답게 보이기 때문일 것이다.

안개꽃은 꽃다발 속에서 은은하고 화사한 자태로 다른 꽃과 조화를 이루며 받쳐주지만, 결코 주된 꽃을 앞서지 않고 공을 탐하지도 않기에 안개꽃 500송이와 장미꽃 다섯 송이를 합쳐 꽃다발을 만들어도 장미꽃 한 다발이라 부른다.

안개꽃은 주된 꽃보다 100배는 더 많은 역할을 하지만 그 이름을 탐하지 않는 것이다. 또한 우리 남자들이 사회에서 장미꽃이라 뽐내고 다니는 것은 집 안에 안개꽃이 있기 때문이다. 우리들의 어머니 같기도 하고 집사람 같기도 한.

눈알 잘못 굴리면 태풍도 제명된다.

### 태풍의 눈

태풍을 검색하다 보니 특이한 점이 있다. 나는 이제껏 태풍의 태자는 클 태쯤 될 것이라 생각했었다. 그런데 알고 보니 태풍 태자란다. 내가 무식하다기보다는 한자에 좀 약하다고 변명해본다. 해석하면 큰바람이 아니라 태풍 바람이다.

그러다 보니 나무 위키 백과에 태풍의 어원에 관한 다양한 학설이 있다. 영어 타이푼을 음역한 것이 태풍이란 설도 있고, 거꾸로 태풍의 중국 방언이 영어의 타이푼이 되었다는 설도 있다.

시와 당신의 이야기

심지어 그 어원을 그리스 로마 신화에까지 연결시키기도 하는데, 사실, 태풍은 동남아에서 자주 발생하던 것이었으므로, 그 명칭은 중화권에서 사용되던 말에서 어원을 찾음이 합리적이라 할 것이다.

매년 태풍의 발생 횟수가 늘어 최근에는 평균 30여 개에 이르는데, 제각기 다른 이름을 지니고 있다. 최초 태풍의 이름은, 호주 예보관들이 싫어하는 정치인 이름을 붙였다가 순해지라는 의미로 여성의 이름을 붙였는데, 2000년부터는 태풍 인접국이 제출한 이름으로 결정하고 있다.

매년 초 열리는 태풍위원회는 140여 개의 이름에서 부적합한 이름을 빼고 새 이름을 정하는데, 제명 이유가 몇 가지 있지만, 제일 큰 이유는 큰 피해를 입힌 경우이다. 올해도 뒤늦게 발생한 태풍이 지금 올라오고 있다는데, 비가 그치고 햇살이 비치자 동네 아이들이 놀이터에서 신났다. 제아무리 태풍이라 할지라도 눈알 잘못 굴리면 제명될 수 있음을 알아야 할 것이다.

**오늘 하루 즐거워도
밤 되면 손이 허전하다.**

손잡이

친구들과의 모임을 마치고 집으로 가는 지하철 막차에
사람이 별로 없으니 덩그러니 매달린 손잡이들이 아직도
뭔가 허전한지 흔들리고 있습니다. 사람은 누구나 혼자는
외로워 흔들립니다. 누군가의 손잡이가 되는 순간 그대는
혼자가 아니랍니다. 누군가의 버팀목이 되는 순간 그대도
넘어지지 않을 것입니다.

4장

# 속을
# 비운다

불면의 밤 찬바람에 이슬로 맺히는 오랜 그리움.


## 백로


사랑은 너무나 아름답고, 이별의 아픔은 그 아름다움에 비례하여 더욱 커진다. 그래서 오랜 세월 아파하고 잊기 위해 무던히도 애를 쓴다. 그런데 그 영원할 것 같던 사랑이 그랬던 것처럼, 이별의 아픔도 어느 순간 사라진다.

내가, 시에는 영원히 지워지지 않고 상처로 남아있을 것처럼 적었지만, 사실 현실은 그렇지 않다. 대부분 몇 년, 아니 몇 달도 못가 다시 다른 사랑을 만나, 언제 그랬냐는 듯 즐겁게 떠들며 새로운 사랑을 노래한다.

그렇다고 해서 그것을 지조가 없다느니, 사랑의 마음이 약했다느니 비난해서는 안 된다. 그것은 사랑이 약해서가 아니라 자연의 섭리다. 봄에 아무리 꽃이 아름답게 피었다 아프게 지더라도, 매년 봄은 다시 오고 다시 꽃이 핀다.

작년에 꽃이 진 자리에 또다시 꽃이 피지만, 아픔의 흔적이 하나도 없다고 해서 아무도 꽃을 비난하지 않는다. 오히려 꽃은 매년 피고 짐으로써 더 아름답게, 더 진하게 피어 나무의 성장을 알려주고 우리는 꽃과 함께 현재의 봄을 즐긴다.

다만, 그렇게 영원히 사라진 것 같던 젊은 날의 아름다운 사랑은, 세월이 흘러 찬바람이 느껴지는 계절이 되면, 가끔 불면과 함께 찾아오는 그리움이 되었다가 새벽녘 어느새 늙어버린 나무에 이슬로 맺힌다.

초가을 햇볕이 뜨거운 것은 아직 내가 미숙함을,
예정된 태풍은 아직 시련이 남았음이다.

## 자연의 섭리

오십이 넘으니까 생각도 많아지고 특히 가을이 되니 내가 그 무덥던 여름을 어떻게 났는지, 또 그 아름답던 봄날은 어떻게 보냈는지, 이 가을은 또 어떻게 알차게 보내야 할지, 곧이어 다가올 겨울은 어떻게 해야 탈 없이 보낼 수 있을지 온갖 생각을 다 한다.

돌이켜보면 참으로 후회스러운 일도 있고 아쉬움도 많지만, 내게도 봄날이 있었고 아쉽게 흘러간 봄이지만 나의 봄날도 꽃을 피웠고, 그 뜨거운 여름날 또한 나름 정열적으로 아름답게 보냈다.

입추도 제법 지나 이제 가을이라 봐야 할 것인데 아직 내가 덜 익었음을 아는지 햇빛은 더 익히라며 뜨겁게 나를 비추고, 마치 아직도 내게 시련이 남았음을 암시함인지 일기예보는 아직도 태풍이 몇 개 더 올 거란다.

그간의 폭염과 태풍에 앞뒤 돌아볼 겨를 없이 정신없이 살아온 무지한 놈도 나이가 차고 가을이 되니, 생명이 어떻게 태어나서 어떻게 자라고 어떻게 열매를 맺어 씨를 뿌리고 추운 겨울을 견디는지 이제는 알 것도 같다.

그러한 자연의 섭리라는 것은, 알고 보면 일부러 외면하지 않는 한 누구나 나이를 먹으면서 자연히 깨닫게 되는 것인지, 나도 이제 오십이 넘어 조금 익어가는 것인지 주위를 돌아보며 숙이게 되고 나름 이치를 깨달아 만족하고 순응하는 법을 따르게 되니, 새삼 자연의 위대함에 다시금 고개를 숙인다.

꽃잎이 밟히고 열매가 깨져도 나무는 눈물 흘리지 않는다.

# 새로운 시작

사람은 누구나 자신의 제일 잘나갈 때가 있고 그 시절이 전성기다. 그런데 그 전성기는 꽃과 같아서 너무 빨리 허무하게 지나간다. 그것이 세상의 이치요 만물의 원리와 같은 것임을, 청춘은 우리에게 몸소 알려주었지만 어리석은 우리는 깨닫지 못한다.

우리는 청춘이 그렇게 짧은 줄 모르고 다소 허무하게 보냈지만 그래도 우리 생애 가장 아름답고 열정적인 시절로 자리매김하였기에 그 위에 열매를 맺고 키워왔다. 열매를 키우는 과정에는 무수히 많은 비바람이 불었고, 나무를 익혀버릴 것만 같은 폭염과,

모든 것을 날려버릴 것만 같은 태풍이 불었다.

그렇게 나무는 여러 해 사시사철 계절의 변화를 겪으며 세월의 흐름과 삶의 무게를 알게 되었기에 그 모든 과정을 당당히 이겨내고, 다시 가을을 맞아도 떨어져 간 꽃에 미련을 두지 않고 떨어지는 열매에 아파하지 않고 우리에게 세월의 흐름과 세상의 이치를 알려준다.

우리는 매년 수십 회에 걸쳐 꽃이 피고 지는 것을 겪고서 중년이 되어서야 그 모든 것이 성장의 과정이고 순환의 과정임을, 꽃이 떨어지는 것이나 열매가 땅바닥에 떨어져 깨지는 것이 모두 새로운 시작의 과정이란 것을 뒤늦게 깨닫는다.

그 모든 고난의 과정을 불평 없이 극복하고 세상의 흐름과 삶의 무게를 느끼면서 몸통을 키워왔다. 그래서 이제는 꽃이 지는 것에 미련을 두거나 아파하지 않고 기꺼이 열매를 떨구며 새로운 시작을 꿈꾼다.

등줄기의 땀을 먹물 삼아 손과 발 온몸으로 인생을 그리다.

## 나의 그림

완연해진 가을인데 햇볕은 아직 따가워 좀 움직이니 등줄기로 땀이 줄줄 흐른다. 가을을 관통하는 땀방울에 문득 나를 돌아보니, 아직도 흐르는 땀방울에서 인생의 그림을 그리는 최적의 먹물은 땀이고 붓은 손과 발이 아닐까 하는 생각이 든다.

우리가 인생을 살면서, 인생의 도화지와 같은 세상을 돌아다니며 밑그림을 그리는 것은 우리의 손과 발이고, 그렇게 돌아다니는 과정에서 손과 발에 흐르는 땀방울로 도화지에 점점이 자신의 그림을 그려나가기 때문이다.

내가 막 밑그림을 시작하던 그 시절을 돌이켜보면, 좋은 집안에서 태어나 대부분의 그림을 남이 그려주는 친구들을 부러워하기도 했고, 어리석게도 남의 물감을 탐하느라 식은땀을 묻히기도 했었다.

그런 부끄러운 과정도 있었지만 나는 대부분의 그림을 나의 손과 발로 서울과 부산을 새벽같이 뛰어다니며 내 등줄기로 흐르는 땀을 원천으로 이마의 굵직한 땀방울로 하나하나 멋지게 그려왔다.

이제 내 그림의 여백이 얼마나 될지 모르지만, 이 가을날에도 햇빛을 피하지 않고 내가 그려온 그림을 돌아보니 아직도 등줄기로 나의 물감이 흥건히 고이고 있고, 나는 이제 마지막 마무리를 위하여 손발에 땀을 적시고 있다.

내가 내려도 너는 여전히 그 자리에 있다.

## 유모차

요즘은 도시에는 그리 많지 않지만 시골에는 집집마다 유모차가 다 있다고 한다. 주로 할머니들이 끌고 다니시는데 그 유모차에 아이들이 타고 다니면 얼마나 좋을까만 사실 이제는 시골에 유모차를 타고 다닐 아이가 거의 없다.

그 유모차에는 아이들에 관한 용품은 하나도 없고 할머니들의 손가방이나 물, 음료수, 지갑 같은 것들이 들어 있고 그 유모차는 대부분 할머니들의 지팡이자 장바구니요 전용 보행기가 되었다. 그 유모차는 아마 대부분 손주들을 태우고 다니던 유모차일 텐

시와 당신의 이야기

데 이제는 세월이 흘러 아이를 잘 낳지 않고 물자도 풍족하다 보니 유모차를 물려줄 곳도 마땅치 않아 집에 보관하다 몸이 불편하니 보행기처럼 사용하게 된 것이리라.

유모차를 몰고 다니다 옛날에 손주들 태우고 다니던 생각을 하면 절로 웃음이 나면서 잠시나마 행복에 젖어들지만 동네 마을회관에서 만나는 친구들마저 유모차를 끌고 나와 함께 만나면 왠지 모르게 조금 서글퍼지기도 한다.

그래도 집에 할아버지라도 있는 할머니는 집에 도착하면 유모차를 접어서 창고나 안 보이는 곳에 치워라도 줄 텐데 그토록 아웅다웅 지지고 볶던 할아버지마저 없는 사람은 유모차를 접어 보관할 수 없으니, 유모차는 평생을 자식 걱정하며 살아온 할머니처럼 신발을 벗지 않고 발끝을 곧추세운 채 밤새도록 그 자리서 할머니가 일어나기만 기다리고 있다.

산 너머 알 수 없어도 노을빛 아름답게 물들일 일이다.

## 가을엔

세상의 이치를 알면 알수록 경외감이 들면서, 한편으로는 두려움이 줄어들지 않을까 생각한다. 세상은 너무도 오묘하여 우리 인간의 생각이나 과학으로도 규명되지 않아 모르는 것이 많지만, 사람의 두려움은 모르는 것에서 비롯되니 말이다.

우리가 어떤 직업을 택하거나 여행을 가는 경우를 예로 들더라도, 우리의 두려움은 모르는 것에 대한 불안감에서 출발한다. 아무리 힘든 직업일지라도 일머리를 완벽하게 알거나, 아무리 위험한 외국이라 할지라도 그 지역의 생리를 완벽히 꿰뚫고 있다면 두려움이 줄어든다.

 세상의 나무들은 혹한의 겨울을 넘어 꽃샘추위라는 복병까지 다 물리치면서 꽃을 피웠고, 숨이 턱턱 막히는 폭염과 무시무시한 태풍을 이겨내고 열매를 맺었다. 그 과정에서 꽃을 떨구었고 아프게 맺은 열매마저 떨구어 보냈다.

 그 모든 과정이 자연의 섭리요 숙명임을 알기에 나무는 미련 두지 않았고 아파하지도 않았다. 그런데 많은 세월을 넘어온 어느 해 가을, 해 저무는 서산을 보다 왠지 모를 두려움에 잠시 돌아보는 것은 아마 산 너머에 무엇이 있을지 모르기 때문일 것이다.

 가을이 되면 가끔 산 너머 미지의 세상에 대한 불안으로 잠을 설치기도 하지만, 저 떨어지는 낙엽들도 어디로 쓸려갈지 모르면서도 아름답게 물들인 것을 보면 익어가는 가을에는 아름답게 물들여야 할 것이다. 산 너머 알 수 없어도 가을에는 가을처럼 노을처럼 아름답게 물들면 된다.

오늘 하루 즐거워도 밤 되면 손이 허전하다.

## 손잡이

사람은 근원적으로 외로운 존재다. 우리가 아무리 많은 사람에 둘러싸여 화려하게 살아도 파티가 끝나면 혼자다. 오늘 아무리 많은 사람들을 만나 즐겁게 보냈더라도 밤 되어 헤어지고 나면 혼자서 밤을 보내야 한다.

그것은 아무리 화려하게 잘나가는 사람도, 아무리 높은 권력을 가진 사람이라도, 아무리 재물이 많은 재벌이라도 마찬가지일 것이며, 어쩌면 그렇게 대단한 사람일수록 밤 되면 더 외로움을 타는지 모른다.

시와 당신의 이야기

밤에는 집사람이 있어 함께 손잡고 자기에 허전하지 않다는 말은 하지 말자. 아무리 부부라도 하지 못하는 말도 있고 손을 잡고 있어도 영혼이 허전할 때가 있다. 외로움의 근원은 육체를 넘어 영혼에서 비롯되기 때문이다.

우리가 다른 사람의 손을 잡고자 하는 것은 이 외로움을 벗어나기 위함이다. 이 아주 단순한 하나의 동작을 통해 내가 외롭지 않다는 것을 느끼고 영혼에 위안을 받게 되니 어쩌면 손은 우리가 다른 사람의 영혼과 교감하기 위한 매개체일지 모른다.

언젠가 친구들과의 모임을 마치고 집으로 가는 지하철 막차에 사람이 별로 없으니 덩그러니 매달린 손잡이들이, 지하철과 함께 곧 노포 차량기지로 들어갈 것임에도 아직도 뭔가 허전한지 흔들리고 있었다. 곧 다른 열차들과 함께 차량기지에서 쉬겠지만 아마 그들도 텅 빈 어둠이 두려운 것이리라.

≈≈≈≈≈≈≈≈≈≈≈≈≈≈≈≈≈≈≈≈≈≈≈≈≈

밤의 고독 속에서 자아를 형성하여
아침햇살 아래 찬란하게 부서지는 이슬.

≈≈≈≈≈≈≈≈≈≈≈≈≈≈≈≈≈≈≈≈≈≈≈≈≈

•

## 외로움

이 번잡하고 중심을 잡기 어려운 세상에서 우리는 간혹 내적 자아를 돌아봄으로써 자신의 영혼을 살찌우고 성장시킬 필요가 있다. 그러나 그것이 도가 지나쳐 사회와 동떨어져 외톨이가 되거나 고독에 빠져선 안 된다.

고독한 밤의 상념은 꼬리에 꼬리를 물고 점점 자아를 속으로 응집하니, 그럴 땐 아주 작고 사소한 것이 전부인 양 커져 사람을 매몰시키고 헤어날 수 없게 만든다. 고독이 커지면 사람을 하나의 점으로 응결시켜버리는 것이다.

시와 당신의 이야기

한 번도 고독해 보지 않은 자는 진정한 자신을 알 수 없듯, 사람은 고독의 심연 속에서 주변의 불순물이 모두 가라앉았을 때 진정한 자신을 찾고 자신의 자유의지로 주체적인 삶을 살아갈 수 있는 것이지만, 정도가 지나쳐 심연에 매몰되어서는 안 될 것이다.

외로움과 고독은 아침이슬과 같아서, 수없이 많은 하늘의 작은 눈물 알갱이들이 고독한 밤 찬바람에 하나로 뭉쳐 한 방울의 이슬로 탄생하면, 가녀린 풀잎 위에 동그랗게 맺혀 맑고 아름답게 빛나기도 한다.

그러나 한 방울로는 너무 외로운 것인지 희미한 미풍에도 기다렸다는 듯 또로록 굴러 다른 이슬과 합치기도 하고, 아침에 햇살이 비치면 기꺼이 다시 증발되어 새로운 인연을 찾아 떠나니, 이슬은 밤의 고독 속에서 자아를 형성하여 아침 햇살 아래 찬란하게 부서진다.

점점 짧아져 가는 계절, 우수에 젖은 눈빛만 시리도록 허공을 더듬는다.

## 가을 되면

　가을은 단풍의 계절이다. 다들 젊은 날에는 단풍놀이를 모르다 사람이 나이가 들면 단풍의 아름다움을 알고 그 아름다움을 즐기려 한다. 아마 인생의 가을이 되면 계절과 세월의 흐름을 알고 가을이 지나면 겨울이 온다는 것을 알기에 저무는 계절을 아쉬워하며 가을처럼 인생을 아름답게 물들이고자 하는 것이다.

　그리고 보면 저 단풍에는 많은 것들이 담겨 있다. 젊은 날의 꽃과 같은 아름다운 청춘의 사랑이 담겨 있고, 젊은 날의 커다란 꿈과 같은 찬란한 별도 있고, 중년을 아름답게 물들이고자 하는 중년의 멋도 담겨 있다.

누구에게나 전성기는 있으니 가을이 깊어가는 오늘 누군가는 어느 산에서 단풍 낙엽을 보며 잊혀지지 않는 한 송이 꽃을 생각하고, 또 누군가는 억새 짙은 어느 들판에서 하늘을 올려다보며 그날의 꿈을 생각할 것이고, 또 누군가는 아름답게 물든 단풍을 보며 아름답게 물드는 방법을 생각할 것이다.

가을 되면 우리 모두 나무에서 꽃을 보고 나무에서 별을 보고 나무에서 인생을 본다. 세월은 점점 빨라지는데 계절은 점점 짧아지니 꽃에 대한 그리움과 별에 대한 아쉬움으로 우수에 젖은 눈빛은 시리도록 허공만 바라본다.

가끔 길가다 가을 단풍놀이 가는 버스를 보면 묻지 마 관광이란 편견에 눈을 흘기곤 했었는데, 내게도 가을이 오니 다시 오지 않을 가을을 즐기는데 굳이 남에게 묻고 따질 필요가 있나 싶다. 내가 따라가진 않더라도 굳이 따질 필요는 없으리.

졸음을 참아가며 힘겹게 깜박이는구나.

# 가로등

옛날에 골목마다 아이들이 뛰어놀고 물건을 팔러 다니는 리어카들이 왔다 갔다 하면서 그렇게 북적대던 구도심 주택가의 사람들이 아파트 단지나 신도시로 다 빠져나가니 이제는 사람도 없고 황폐해졌다.

낮에 가끔 구도심 중심지인 재개발지역을 지나다 보면 붉은 글씨로 철거라고 적혀 있고 집 안에는 쓰레기가 가득 차 있는데 집 밖에까지 쓰레기가 나뒹굴고 있다. 낮에도 그렇게 을씨년스러운데 밤에는 어떻겠는가?

그래도 아직 철거가 시작되지 않은 곳에는 군데군데 불빛이 있고 골목에는 희미하게 가로등이 비치고 있다. 그 가로등은 그 지역의 밤을 밝히며 함께 밤낮을 지켜온 파수꾼이요 희망의 등불인데 이젠 그도 늙었다.

예전과 달리 가로등의 기둥 피복이 벗겨지면 제대로 페인트칠도 안 하니 군데군데 녹이 슬어있고 비가 오면 핏물처럼 붉은 녹물이 바닥을 적시며 흐른다. 그러나 그렇게 피를 흘리면서도 가로등은 그 자리를 떠나지 않는다.

그가 아직도 불빛을 깜박이며 아무도 오지 않는 밤길을 밝히는 것은 아마 자신이 지켜온 마을에 대한 사명감 때문일지 모른다. 아니면 그 옛날 가로등 아래서 밤늦게 퇴근하는 남편을 기다리던 어떤 여인과의 데이트를 회상하거나, 아니면 그 옛날 가로등 밑에서 미래를 기약하던 젊은 연인들의 약속을 이루어주기 위함인지 모른다.

자신의 모든 것을 태울지라도 별빛에는 한 점 후회가 없다.

# 별의 길

별의 길은 아무리 멀고 아무리 험해도 언제나 세상으로 향하고, 별들은 언제나 세상에 꿈과 희망을 가져다준다. 별은 결코 쉬운 길을 택하지 않기에, 아무리 작고 희미할지라도 우리는 별에서 꿈을 보고 희망을 보는 것이다.

저 별에 비유할 순 없겠지만, 나의 길을 간다는 것은 정말 멋진 일이고, 그것만큼 사람을 당당하게 만들고 사람을 황홀하게 만드는 일은 그리 많지 않을 것이다. 지금 당장은 아무도 알아주지 않더라도 혼자서 묵묵히 힘차게 나의 길을 가는 것이다.

시와 당신의 이야기

최근, 나의 길에 지름길이 될 가능성이 있는 사람을 알게 되어 조금 흔들리기도 했지만, 타인의 도움을 받아 이름을 얻어 본들 무슨 의미가 있겠는가? 그렇게 일시 얻게 되는 이름과 금전이 다 무슨 소용이란 말인가?

어쩌면 나의 길은 저 별의 길과 같아야 할 것이다. 하나하나의 작품이 저 별처럼 나를 태워 빛을 내는 것이고, 세상 사람 아무도 알아주지 않아도 수십 광년의 어둠을 헤쳐 오는 저 별들처럼 당장의 이름에 연연하지 않아야 할 것이다.

글은 벌써 수천 년을 이어져 오며 사람들에게 읽히고 감동을 주고 있으니, 진정으로 좋은 작품은 지금이 아니라도 언제고 다시 깨어나 세상 사람들의 가슴에 자리 잡을 수 있는 것이다. 우리가 보는 별빛이 이미 소멸한 별의 마지막 불빛이라 할지라도, 별빛에는 한 점 후회의 빛이 없다.

올가을도 낙엽이 지는데 그녀가 나무의 언어를 알까?

## 나무의 연서

세상엔 무수히 많은 나무가 있고, 세상엔 무수히 많은 연인들이 있었다. 세상의 무수히 많은 나무들이 얼마나 많은 나뭇잎을 아름답게 물들였다 바람에 날려 보내고, 세상의 얼마나 많은 연인들이 다하지 못한 말로 가슴을 물들였을까?

사람들이 자신의 할 말을 다 하고 모든 연인들이 서로 잘 소통하여 아무도 안타깝게 헤어진 연인이 없었다면 아마 나무들이 저렇게 속으로 애를 태우며 나뭇잎을 아름답게 물들이지 않았을 것이다.

시와 당신의 이야기

사랑한다는 그 말 한마디를 못 하여 연인들이 헤어지고, 계절 하나만 지나도 녹아 사라질 원망, 조금만 더 생각해봐도 세 개는 깎여 나갈 오해, 미안하단 말 한마디, 보고 싶다는 말 한마디를 못 해 얼마나 많은 연인들이 헤어졌을까?

숲이 아무리 깎여 나가도 세상엔 아직도 무수히 많은 나무가 있고 나무들이 다하지 못하여 애를 태운 말들은 계절이 지나면 아름답게 물든다. 그녀를 사랑했던 마음은 붉은 나뭇잎으로, 그녀를 원망했던 마음은 갈색, 그녀를 그리워했던 마음은 노란색으로.

나무의 사랑이 세상을 아름답게 물들여 세상 끝까지 전달될 때쯤 되면 한 닢 두 잎 나뭇잎이 떨어진다. 그녀가 어느 땅에 있든, 그녀가 어느 가을에 알아볼지 모르지만 나무는 무수히 많은 엽서를 보낸다. 올가을에도 벌써 단풍이 아름답게 물들고 있다.

길어진 인생은 쉴 틈을 주지 않고 세월도 빈자리가 없다.

．

# 지하철

　우리 사회도 이제 성장기를 지나 많이 늙었다. 부산 도심도, 이젠 그 옛날의 번화가도 늙었고 단독주택단지도 늙어 슬럼화가 되어가니 빈집이 늘어 문짝은 떨어져 너덜거리고 사람 없는 집 안에는 쓰레기만 가득 차 있다.

　도시만 늙은 것이 아니라 거기에 사는 사람도 늙어, 그 옛날 아이들이 갖가지 놀이를 하며 뛰어놀던 골목길에도 아이들은 안 보이고 나이 든 분들만 간간이 지나가고 그 자리를 강아지 같은 애완동물들이 차지하고 있다.

시와 당신의 이야기

의학기술이 발달하여 사람의 수명이 길어지니, 칠십이 넘었어도 아직 갈 길이 멀어 백발이 되어도 직장을 다녀야 하고 더 나이 먹으면 폐지라도 주워야 한다. 길어진 인생에 미처 준비를 못 하면 말년이 고달프다.

어느 휴일 날 지하철을 타고 가는데 어떤 노인이 다급하게 뛰어 들어오더니 자리를 찾아 두리번거린다. 누군가 보면 자리를 양보할 텐데, 요즘은 다들 지하철에서 폰을 보거나 자신의 볼일을 보기에 누가 타는지 돌아볼 겨를이 없다.

아직 성한 내가 멀리서 오지랖 넓게 소리쳐 부르기엔 민망하여 그냥 지켜보는데, 지하철 차창 밖으로 보이는 가을 하늘이 너무 파랗고 그 아래 금정산은 어느새 울긋불긋 물들어 가을 정취가 너무 아름답다.

상처가 나아 굳은살이 되고 튼튼한 갑옷이 된다.

# 누구나 상처는 있다

사람이 살면서 어떠한 아픔도 겪어보지 않고 어떠한 상처도 입지 않은 사람이 있을까? 나는 없을 것이라 단언한다. 왜냐하면 모든 생명이 살아가는 것은 수많은 비바람을 맞는 것이고 그에 따라 아픔을 겪고 상처를 입게 되기 때문이다.

금수저라서, 다이아몬드 수저라서, 부모가 모든 비바람을 막아주기 때문에 어떠한 아픔도, 어떠한 상처도 없을 것이라 생각하지는 말자. 제아무리 금수저라도 사람은 사회에 나오는 순간 비바람을 맞게 되어 있기 때문이다.

시와 당신의 이야기

만약 부모님의 공간 안에서만 생활한다면 그것은 갇혀 사는 학대에 불과할 뿐 아니라 그 상처는 더욱 클 것이며, 온갖 금은보화로 치장한 튼튼한 갑옷을 입고 사회에 진출한다 할지라도 사람이 항상 갑옷을 입고 있을 수는 없다.

부모의 갑옷에 의존하는 사람은 그 갑옷의 무게에 짓눌려 비상하지 못할 것이고 어떤 일로 예기치 못하게 갑옷이 벗겨진다면 그야말로 얼떨결에 앙상한 몰골이 다 드러나게 되니 더 비참한 상황에 부닥치게 된다.

세상의 모든 나무들은 폭염과 태풍과 혹한을 견디며 상처 입은 채 익어가기 마련이다. 그 하나하나의 상처가 훈장 같은 굳은살을 만들고 어떠한 시련도 극복할 수 있는 자신만의 튼튼한 갑옷이 되는 것이다. 하늘은 그런 나무들을 위해 언제나 눈물을 흘리기에 가을이 되면 서늘하게 높아져 간다.

깊어가는 가을 주름진 눈에 맺히는 메마른 눈물.

## 옛님의 눈물

  세월이 지나면 모든 것이 다 아름다워진다. 아무리 사이가 안 좋았던 사람이든 안 좋았던 일이든 나쁜 것들은 세월의 강물에 다 씻겨 내려가고 말간 형체만 남기에 웬만큼 원수 같은 사이가 아니라면 다 좋은 기억만 남는다.

  그것은 우리 뇌의 기억력의 한계나 망각의 작용 같은 이유도 있겠지만 이제는 돌아갈 수 없는 시절, 다시 볼 수 없는 사람에 대한 아쉬움 때문이리라. 그래서 우리는 다들 지나온 시절을 추억하면서 그 시절의 사람들을 그리워한다.

시와 당신의 이야기

그러한 그리움은, 가을 되면 아름답게 물드는 단풍잎처럼 무르익어 옷깃을 스치는 바람에도 가슴이 울고, 매년 계절을 지내오면서 이제는 가을을 담을 가슴조차 노쇠하여 떨어지는 낙엽이 더 아쉽고 더욱 애처롭다.

거기다 나이가 드니 모든 것이 눈물로 흐른다. 드라마를 보다가도, 하늘을 봐도, 낙엽을 봐도 눈물이 흐른다. 아름답던 추억들은 희미한 기억 속에서 전부 아련한 눈물로 피어나니 잊혀져 가던 한 줄의 기억이 더 아쉽고 더 안타깝다.

이제는 해가 갈수록 가을이란 의미가 더 깊게 스며드니 찬바람이 조금만 불어도 이슬이 맺히고 모든 사연이 눈물 되어 흐른다. 오늘도 새벽 찬바람에 풀잎엔 이슬이 맺히겠지만, 그중 나를 위한 눈물은 없어도 좋다.

누군가의 외로운 창문을 두드리는 자, 그대가 곧 별이다.

## 별은 외로움을 타지 않는다

혼자라고 반드시 외로운 것은 아니다. 혼자 있어도 음악에 몰두하거나 동물과 교감하거나 자연과 감응하는 순간엔 전혀 외로움이 없다. 어쩌면 혼자 있는 시간이 진정 자신의 휴식과 충전을 위한 시간인지 모른다.

그렇다면 외로움은 언제 찾아오는 것일까? 그것은 사람이 그리울 때 찾아오는 것이다. 함께해야 할 사람과 함께하지 못한다거나 사람과 함께 있으면서도 교감하지 못할 때 생겨나는 것이다. 그래서 군중 속의 고독이라는 말이 생기는 것이다.

시와 당신의 이야기

사회가 각박해지니 다들 군중 속에서도 고독해지는 경향이 늘어가는 것 같다. 코로나로 만나는 사람이 줄었지만 그래도 우린 여전히 많은 사람들을 만나고 있고 관계를 맺지만 업무상, 형식적인 관계가 많다 보니 그런 것일 것이다.

그것은 마치 밤하늘 달이 태양에 반사되어 저 홀로 덩그러니 밝게 빛이 나지만 아무런 온기 없이 차갑기만 해 외롭고 서러운 것처럼 아무런 정이 없는 형식적인 관계가 더 사람들을 소외시키고 외롭게 만드는 것이다.

가끔 외롭다고 느껴질 때면 스스로가 별이 되어보자. 스스로가 별이 되어 눈을 빛내며 주변을 둘러보면 사람은 누구나 외롭고 약한 존재라는 것을 알게 될 것이다. 스스로가 빛이 되어 외로운 누군가의 창문을 두드리면, 그대가 곧 별이 되는 것이다.

낙엽은 밟히는데 낙엽 떨어지는 소리는 들리지 않는다.

●

## 해로

얼마 전 미국 플로리다의 붕괴된 아파트 잔해에서 59년 해로한 노부부가 나란히 침대에 누워 발견되었다고 한다. 아들의 말에 따르면 아버지는 계란 후라이도 못 하고 어머니는 각종 요금 내는 법을 모른다고 하시면서 서로 따라 죽을 것이라 말을 했었다고 한다.

갑작스런 참사에 두 분 다 고인이 되신 것은 안타깝지만, 신문 기사에 함께 올라온 이전에 찍은 사진 속에서 함께 다정히 어깨동무한 모습을 보면 아마 그분들이 진정한 해로를 하신 것 아닐까 하는 생각이 든다.

시와 당신의 이야기

해로란 부부가 한평생을 함께하며 늙는다는 것인데 완전한 의미의 해로의 비율이 10%도 되기 어려울 것이다. 평생을 함께한다는 것은 상대의 모든 것을 이해하고 배려하면서 상대의 건강까지도 세심히 챙긴다는 것이기 때문이다.

　사실 아무리 금슬이 좋고 사이가 좋아도 한 사람이 먼저 죽으면 해로라 보기 어렵다. 상대의 건강까지 어떻게 책임지냐고 말할지 모르지만 내 아는 친구는 아내가 아프자 집안일을 도맡아 하면서 마사지도 해주고 세심하게 신경 써주는 것이었다.

　젊은 사람들이 손을 잡고 다정하게 걷는 것을 보면 단지 청춘이 부러울 뿐이지만 노인들이 다정히 손을 잡고 걷는 것을 보면 아름답게 느껴지기까지 한다. 낙엽이 떨어지는 쓸쓸한 가로수 길을 한 사람과 끝까지 함께 걸어간다는 것은 정말 아름다운 일이다.

　아름다운 동행 길에 간간이 낙엽은 밟히지만 낙엽 떨어지는 소리를 듣지 못하는 것은 귀가 먹어서라기보다는 떨어지는 낙엽에 마음을 두지 않기 때문이다.

별 없는 민낯을 보이기 싫을지 모르는데 오늘도 별은 진다.

●

# 별을 찾는 사람들

새벽에 간혹 주택가 골목길을 지나다 보면 다양한 소리가 골목길을 울린다. 오토바이 소리부터 자전거 소리, 딸랑딸랑 종소리, 골목골목을 뛰어다니는 발걸음 소리 등. 모두 꿈과 별을 찾으러 다니는 사람들의 발걸음 소리다.

세상에는 많은 종류의 별이 있지만 별은 주로 하늘에 떠 있고 땅에는 잘 떨어지지 않기에 사람들은 땅에서 별을 찾을 것이라 기대하지 않고 아무도 알아주지도 않지만 그들은 숙명처럼 땅을 누비며 별을 찾고 있다.

시와 당신의 이야기

땅 위의 별들은 보물처럼 보이지 않는 깊숙한 곳에 숨겨져 있기에 그들은 동이 트고 아침 해가 뜰 때까지 거리 곳곳을 돌며 별을 찾는다. 어둠이 무겁게 내려앉은 거리는 무섭고 힘들지만 아직 희망을 버리지 않았다.

언제부턴가 어둠에 익숙해져 가는 모습이 싫었지만, 별을 찾지 못한 지금은 이 모습 그대로 해가 뜰까 두려울 때도 있어 더 깊이 어둠 속에 파묻힌 적이 있다. 그래도 간혹 별을 찾아 새벽 거리를 떠나는 사람들을 보며 오늘도 뛴다.

언젠가는 별을 찾을 것이란 희망에 사람들은 오늘도 차디찬 새벽 공기를 들이마시며 열심히 별을 찾고 있고, 오래전 어느 골목에서 신문 투입구를 뒤지다 작은 별을 찾아 떠난 청년은, 새벽녘 가끔 거리를 지나다 별을 찾는 사람들의 발걸음 소리를 들으며 그 시절을 그리워한다.

오늘 바람이 부니 늦은 밤 우리, 우리 홀로 흔들리는구나.

## 홀로 핀 꽃

간혹 길을 가다 보면, 아스팔트나 보도블록에 작은 민들레나 풀꽃이, 저기에 어떻게 뿌리를 내렸을지 신기할 정도로 오묘하게 피어있는 것을 볼 때가 있다. 주위는 삭막한 아스팔트에 사람과 차들이 쌩쌩 달리는데 말이다.

민들레 홀씨야 바람에 잘 날리기에 멀리까지 날아올 수 있다지만, 시멘트 바닥이나 아스팔트에 뿌리를 내리고 피었다는 것도 신기하고, 차나 오토바이뿐 아니라, 각종 수레바퀴가 굴러가는 전쟁터 같은 곳에서, 전혀 주눅 들지 않고 밝게 피어있는 것이 너무 신기하다.

시와 당신의 이야기

우리 사람들은 혼자가 되지 않기 위하여 안쓰러워 보일 정도로 신경을 쓰기도 하고, 심지어 식당에서 혼자 밥 먹는 것조차 두려워하는 사람이 많은데, 저 작은 꽃은 그런 것을 전혀 개의치 않고 혼자서 당당히 바람에 맞서고 있다.

　어쩌면 사람은 근원적으로 혼자에서 출발하여 혼자 돌아가는 것인지 모른다. 사람 사이에서 태어나 사람 속에서 살다 죽어가지만, 적막한 밤을 새우는 영혼은 언제나 혼자이기에, 자신이 스스로 홀로 서지 못한다면 사람 속에 당당하게 설 수 없다.

　저 꽃이 그토록 아름다워 보이고 대견스러워 보이는 것은, 사람에 둘러싸여 있는 지금의 내가 혼자이기 때문이리라. 아직도 바람이 불면 흔들리는 내게 저 꽃은 말한다. 아무리 화려하게 살더라도 구석진 곳을 보라고, 아무리 잘나도 숙여보면 또 다른 세상이 보인다고. 어떠한 상황에서도 당당하라고.

~~~~~~~~~~~~~~~~~~~~~~~~~~~~~~~~

기적은 바람처럼 떠돌면서 준비된 돌에만 꽃을 피운다.

~~~~~~~~~~~~~~~~~~~~~~~~~~~~~~~~

## 돌에 핀 꽃

　신이 내린 목소리라는 별칭으로 유명한 미국의 전설적인 성우가 있다. 테드 윌리엄스인데 이분은 성우가 되기 전 20년 정도 노숙자 생활을 했다고 한다. 그는 14살부터 라디오를 들으며 성우의 꿈을 키우다 군복무 후 성우학교에 다니기까지 했는데 술과 마약에 손을 대면서 전 재산을 탕진하고 가족과도 멀어지면서 노숙자가 된 것이다.

　그러나 그는 노숙 생활을 하면서도 꿈을 포기하지 않고 매일 피켓을 들고 돌아다니며 사람들에게 자신의 목소리를 들려주었고,

어느 날 어떤 기자가 그를 발견하고 인터뷰를 하여 그 영상을 유튜브에 올렸는데 미국 전역에 퍼져나가고 방송국 초청까지 받아 출연하면서 유명세를 탄 방송국에서 성우로 활동하게 되었다고 한다.

그가 만약 노숙 생활에 젖어 계속 술과 마약을 했다면 목소리가 그렇게까지 좋아지지 않았을 것이다. 그는 노숙 생활을 하면서도 자신의 꿈을 포기하지 않고 20년간 끊임없이 목소리를 훈련하며 만들었기에 신이 내린 목소리를 만들었고 결국엔 그 목소리를 기자가 들을 수 있었고 방송국 초청까지 받는 기적을 이룰 수 있었던 것이다.

내가 요즘 시낭송을 시작하여 유튜브에 올리고 있는데 구독자는 400명 남짓이다. 구독자가 금방 많이 늘면 좋겠지만 며칠에 1명 늘리기도 정말 어렵고 힘들다. 시낭송에 수필까지 작성하여 낭독하지만 그리 큰 변화는 없다. 그렇지만 나는 포기하지 않을 것이다. 기적과 행운은 봄날 꽃잎을 날리는 바람처럼 세상을 날아다니지만 준비 안 된 자에게는 기적이 일어나지 않는다.

나는 요즘 내 목소리를 테드 윌리엄스 못지않게 사람의 심금을 울리며 파고드는 목소리로 만들기 위해 노력 중이다. 비바람과 낙엽과 먼지를 품에 안고 오랜 세월 썩히면 돌에도 꽃이 피어나듯 내가 끊임없이 목소리를 갈고닦으면 언젠가 나의 돌에도 꽃이 필 것이라 나는 믿는다.

덩치 작은 포유류가 단합해 저항해 보지만 오래 버티지 못한다.

# 공룡시대

　공룡의 멸종 이유에 대해서는 운석 충돌설, 화산 활동설 등 여러 가지 가설이 있지만 명쾌하게 밝혀진 바는 없다. 내가 생각하는 유력한 이유는 공룡의 거대화로 먹이사슬이 붕괴된 것도 그중 하나가 되지 않았을까 추측한다.

　전문 분야의 학자들도 못 밝히는 것을 내가 유력하다 하는 것이 우습지만 세상의 이치라는 것이 달이 차면 기울고 물도 차면 넘치듯 너무 과하게 거대해지면 무너지게 되어 있고 그것을 극복할 지혜가 없으면 멸종되기도 하는 것이다.

시와 당신의 이야기

우리 도시가 변해가는 모습이 마치 공룡을 닮았다. 도시의 변천 사진을 보면 70년대만 해도 부산 대부분이 녹지로 뒤덮여 있었는데 최근 사진에는 어느새 그 많던 녹지를 아파트나 빌딩 같은 것들이 대부분 잠식하고 있다.

예전에는 그래도 논밭이나 산 같은 녹지를 깎아서 아파트를 짓더니 이제는 도시와 공원을 가리지 않고 기존의 도시 중심을 재개발하여 점점 크고 높아지니 도심 곳곳에는 공룡의 손발 같은 대형 크레인이 열심히 땅을 파고 있다.

그런 재개발지역에서는 개발을 반대하는 사람들이 몇몇 모여 개발을 반대하는 시위도 해 보지만 얼마 가지 못해 나가떨어지고 결국 커다란 공룡에게 다 잡아먹힌다. 공룡들이 기존 도심까지 되새김질하며 잡아먹는데 고리에 짓눌린 사람들은 공룡을 숭배하며 넘어지지 않게 오늘도 치성을 드리지만, 공룡의 멸종을 생각하면 답답함을 금할 수 없다.

## 시인의 길

대부분의 예술을 자본이 독점하는 세상에서 시인은 세상 모든 사람들에게 꿈과 희망을 주는 빛과 같은 존재라 생각합니다. 따라서 시인이 되고자 하는 사람은 혼탁하고 암울한 세상에 꿈과 희망을 주는 글을 써야 할 것입니다. 그러한 글을 쓰기 위해서는 절망과 고난, 어둠 속으로 기꺼이 자신을 내던질 수 있어야 합니다. 왜냐하면 빛은 어둠 속에서 잉태되니까요.

사실 세상엔 뛰어난 사람도 많고 글을 잘 쓰는 사람은 더더욱 많습니다. 어쩌면 너무 뛰어난 사람이 시인이 될 수 없는 것은 그 자신이 너무 밝은 곳에 있기에 빛과 같은 글을 쓸 수 없는 것인지 모릅니다. 오랜 무명의 세월과 실패, 아픔이 없었기에 그것을 벗어나고자 하는 간절한 희망의 글을 쓸 수 없는 것이지요.

시와 당신의 이야기

오늘 나에게 고난과 아픔이 있다면 그것은 하늘이 나를 더 위대한 시인이 되도록 길을 열어준 것이라 봐야 할 것입니다. 시인은 모든 현실의 어려움을 극복해 나가면서 그 과정을 글에 녹여내고 글로 승화시켜야 하는 것이지요. 그것이 시인의 숙명이요, 시인들이 걸어가야 하는 길일 것입니다.

## 편집후기

2023. 4. 말경 대표님께서 다음 책을 선정했다고 하시면서 작가와 책 제목을 알려주셨다. 이름도 들어보지 못한 나동수란 작가에 장르는 수필집, 제목은 시와 당신의 이야기라고 한다. 요즘 이름 있는 작가들의 수필집도 잘 안 팔리는 마당에 무명 작가의 시와 관련된 수필집이라니.

일단 어떤 사람인지 알아보기 위해 인터넷을 검색해 보니 작가는 시인으로 보인다. 작품이 제법 많이 인터넷에 떠돌고 있다. 대충 훑어봐서는 딱히 팔릴 만한 장점은 안 보인다. 단지 글이 좀 쉽다는 것밖에. 수필은 시와는 다른 장르이므로 일단 원고를 받아봐야 할 것 같다.

원고를 받아보니 조금 놀랍다. 1,000편의 시를 쓰고 그중 500편을 수필로 풀어쓰고 그중 100편을 출간하려 한단다. 일단 그것은 마음에 든다. 시인들 중 1,000편의 시를 쓴 사람은 많겠지만 그중 500편을 수필로 쓴다는 것은 어려운 일이고 그렇게 말하는 사람을 보지 못했는데 그것으로 자신을 드러낸다. 작가는 자신을 드러낼 줄 아는 사람이다.

수정 및 편집을 위해 원고를 자세히 보면서 조금 더 놀랐다. 원고가 오타도 없고 매우 매끄럽다. 글이 딱딱하지 않고 쉬워 잘 읽힌다. 그리고 한 편을 끝까지 읽어보면 가슴 속에서 뭔가 울컥하기도 하고 여운이 남는다. 그리고 제목 앞의 한줄시상은 그 자체로 한 편의 짧은 시로 느껴질 만큼 울림을 준다.

그래서 다른 출간 일정을 모두 제쳐두고 이 책에 매달렸다. 교정 작업도 순조로워 책 표지에 들어갈 글을 선정하고 삽화와 디자인, 각 장에 들어갈 핵심 요약 글을 선정하였다. 표지와 각 장의 표지 핵심 요약 글을 선정하는 과정에서 작가님은 자신의 모든 글에 한줄시상과 수필, 그 요약 글을 작성해 놓았다는 것을 알게 되었다. 그런데 그 요약 하나하나가 연설문이나 대중들 앞에서 감동적인 문구로 사용하기 좋을 정도로 마음에 든다.

이제 표지 디자인도 끝났고 마지막 작업만 남았다. 책을 발주하면 인쇄에 1주일 정도 걸리므로 정말 계약 후 1달 만에 출간된다. 내가 책 내용에 매료되어 다른 작업 다 제쳐두고 일사천리로 작업하여 이렇게 빨리 출간된 것이다. 책 내용을 보시면 알겠지만 날림 작업을 한 것이 아니라 심혈을 기울였기에 표지 디자인부터 내용까지 흠잡을 데 없는 품질의 책이라 자부한다.

이 책은 딱딱하지 않고 쉬우면서도 삶의 지혜가 가득 들어 있는 가슴 따뜻한 수필집으로서 편집자가 그 내용에 푹 빠져 계약 1달 만에 출간한 책이자, 자식들과 지인들, 누구에게든 선물하기 좋은 책이다. 판단은 독자님들께 맡긴다.

2023. 5. 22.

권보송 편집자

## '행복에너지'의 해피 대한민국 프로젝트!

〈모교 책 보내기 운동〉〈군부대 책 보내기 운동〉

한 권의 책은 한 사람의 인생을 바꾸는 힘을 가지고 있습니다. 한 사람의 인생이 바뀌면 한 나라의 국운이 바뀝니다. 그럼에도 불구하고 많은 학교의 도서관이 가난하며 나라를 지키는 군인들은 사회와 단절되어 자기계발을 하기 어렵습니다. 저희 행복에너지에서는 베스트셀러와 각종 기관에서 우수도서로 선정된 도서를 중심으로 〈모교 책 보내기 운동〉과 〈군부대 책 보내기 운동〉을 펼치고 있습니다. 책을 제공해 주시면 수요기관에서 감사장과 함께 기부금 영수증을 받을 수 있어 좋은 일에 따르는 적절한 세액 공제의 혜택도 뒤따르게 됩니다. 대한민국의 미래, 젊은이들에게 좋은 책을 보내주십시오. 독자 여러분의 자랑스러운 모교와 군부대에 보내진 한 권의 책은 더 크게 성장할 대한민국의 발판이 될 것입니다.